RICARI

Um Homem, Uma

1ª Edição / 2022

MW01229096

"Do fundo do baú... O romance Um Homem, Uma Menina e Um Cavalo é uma atualização da obra de minha autoria Minha Filha, Minha Vida!"

Apresentação

Este romance foi escrito há alguns anos. As páginas datilografadas e amareladas pelo tempo estavam guardadas, agrupadas uma a uma, esperando o momento para revelar aos olhos daqueles que ousarem folheá-las, uma história emocionante compartilhada entre as personagens.

Foi preciso digitar e atualizar todo o conteúdo. E confesso que encontrei um vácuo no tempo, algo que ficou esquecido, e que pouco se vê nos tempos atuais: o romantismo!

Falo de um romantismo que liberta o homem da sua própria escravidão, permitindo-o sonhar, confiar, ter esperanças, acreditar em si próprio e no poder que tem para criar, transformar e dar vida.

E foi isso que eu percebi quando comecei a virar folha por folha desta obra que estava esquecida no fundo do baú. Está faltando um pouco de romantismo em nossas vidas!

Obrigado!

Capítulo 1

As luzes começaram a se apagar. Os ecos de boa noite, até segunda e um bom final de semana foram explodindo pela produtora. Fim de expediente.

Paulo, empresário bem conceituado no setor de modas, dono de uma produtora e agência de modelos, despediu-se de seus colaboradores com a mesma euforia. Afinal, ele também precisava de um bom descanso e algumas horas de lazer.

Além de empresário, Paulo também é um fotógrafo bem conceituado em âmbito nacional e internacional, com um currículo recheado de premiações pelas exposições dos seus trabalhos. Um profissional com grande competência que conta com o apoio de Rita, amiga e seu braço direito na produtora.

Em sua ausência, Rita administra e decide sobre todos os assuntos envolvendo as atividades da empresa. E no apagar das luzes, ela o convidou para uma festa em sua casa. Uma pequena reunião entre amigos.

- Paulo, gostaria de ir a uma pequena reunião em minha casa hoje à noite? Você precisa se divertir um pouco.

- Você convidou muita gente que eu não conheço?

- Não. A maioria você conhece... Velhos amigos da faculdade. Eu garanto que você se divertirá muito. Afinal, depois de uma semana super atarefada, nós merecemos.

- Tudo bem. Eu vou passar em casa para tomar uma boa ducha e trocar de roupa.

- Não deixe de ir... Começa às nove.

Paulo pegou o carro e seguiu para o apartamento. Assim que entrou, foi logo para o chuveiro. Aprontou-se e quando já estava de saída, resolveu verificar as chamadas perdidas no telefone. Havia diversas chamadas com o número da fazenda. Ele ficou preocupado e ligou imediatamente para a mãe.

- Mãe! Está tudo bem por ai?

- Paulo, meu filho. Liguei várias vezes para você... Eu estou pretendendo fazer uma festinha de aniversário para o seu pai no próximo sábado. Conto com a sua presença.

- Eu não posso ir para a fazenda agora... Eu estou com muito trabalho acumulado.

- Faça um esforço, filho... Eu já liguei para os seus irmãos. Todos confirmaram a presença.

- Não posso...

- Se você não vier, o seu pai ficará chateado.

- Eu vou pensar... Agora eu tenho que desligar. Estou de saída...

- Filho! É o aniversário do seu pai... Se você não vier, ficará um lugar vazio à mesa... O clima ficará desagradável.

- Ok, D. Margarida! A senhora venceu... Eu vou. Tchau!

- Um beijo!

- Um beijo!

Paulo terminou de falar com a mãe ao telefone e saiu apressadamente. Pegou o carro e foi para a festa na casa de Rita. Assim que ele chegou, foi recebido calorosamente pela amiga, que não economizou elogios.

- Você como sempre... Elegantíssimo!

- São os seus olhos... Eles sempre me vêem assim.

Paulo ficou bem à vontade no meio dos convidados. E no decorrer dos embalos da festa, ele encontrou velhos amigos e se aventurou a fazer novas amizades.

Era tudo que ele precisava depois de uma semana bem desgastante.

E entre uma música e outra, comes e bebes, e muita descontração, Paulo lançou um olhar de admiração sobre uma bela garota que se encontrava na festa. Ficou extremamente fascinado.

Ela percebeu que havia alguém a observando e ficou intrigada. Correu os seus lindos olhos verdes por toda a festa e se deparou com Paulo sorrindo, olhando em sua direção. A bela garota sorriu. E ele não perdeu tempo, aproximou-se dela.

- Tudo bem?

- Tudo.

- O meu nome é Paulo. Está gostando da festinha?

- Dá para suportar...

- Ah! Ah! Ah! E qual é o seu nome?

- Érica.

- Eu sou amigo de Rita. Nós trabalhamos juntos em uma produtora artística. A empresa é minha.

- Você tem uma produtora?

- Tenho. Eu também sou fotógrafo. Trabalho com crianças, paisagens, animais, enfim, registro tudo que surge pela minha frente. O que me interessa, é claro.

- É um trabalho muito interessante. Eu gosto muito da natureza, de animais, do campo...

- Eu cresci no campo... Os meus pais moram em uma fazenda no interior de Minas Gerais. Até os dezoito anos eu vivi lá. Depois, eu me mudei para o Rio. Queria conhecer outros lugares. Concluí os meus estudos e me formei aqui. E continuei morando e trabalhando no Rio até hoje.

- Eu também já saí do Rio. Voltei há poucos meses.

- Você tem um sorriso muito bonito.

- Obrigada!

- Já pensou em tentar a carreira de atriz ou modelo?

- Já sim... Mas é muito difícil encontrar uma oportunidade sem segundas intenções. Quem sabe um dia desse eu tenha sorte?

- Posso lhe fazer um convite?

- Claro!

- Nós marcamos um dia na semana... Que tal segunda-feira?

- Na segunda-feira agora?

- Podemos tirar algumas fotos e montar o seu book. Que tal?

- Seria ótimo! Eu não vou atrapalhar você?

- De jeito algum. Quer dançar um pouco?

- Quero...

Paulo a puxou pela mão e os dois começaram a dançar um ritmo pop. Eles ficaram juntos o tempo todo conversando, rindo e dançando. No final da festa, Paulo se ofereceu para levá-la em casa, mas Érica se esquivou, dizendo que voltaria de carona com alguns amigos.

- Espero você na segunda-feira... Aqui está o meu cartão.

- Não vou deixar de ir.

- Tchau!

- Tchau!

Paulo permaneceu mais algum tempo na festa conversando com velhos amigos que não via há anos. Rita, como boa anfitriã, aproximou-se do grupo para perguntar se todos estavam satisfeitos com a comida, com a bebida e com as músicas tocadas... E nesse momento, Paulo aproveitou a oportunidade para sair daquele emaranhado de conversas fúteis. Levantou-se e se despediu do pessoal.

- Divertiu-se muito? – perguntou Rita, cheia de curiosidade.

- Puxa! Foi muito bom!

- Quem era a garota que dançou o tempo todo com você na festa?

- Érica. Pensei que você a conhecesse?

- Érica? Não estou me lembrando dela. Deve ter vindo com algum convidado.

- Ela é muito interessante.

- Você ficou impressionado com ela!

- Ela mexeu comigo. Tenho que ir... Já está ficando tarde e eu preciso descansar. Foi maravilhoso! Tchau!

- Tchau! E até segunda...

- Ah! Lembrei-me. Mamãe me ligou. Ela vai organizar uma pequena festinha de aniversário para o meu pai. Ainda vou saber dos detalhes... Mas gostaria que você confirmasse a sua presença.

- Eu adoraria. Já faz tanto tempo que eu não os vejo.

- Posso contar com você?

- Claro! Eu adoro os seus pais. E todo aquele verde da fazenda... Acho que será uma super festa de aniversário.

- Tchau!

- Tchau!

Paulo se despediu e seguiu caminhando até o carro, que estava estacionado bem próximo ao prédio que Rita mora. E quando ele avistou Érica no ponto de ônibus, entrou rápido no veículo e fez o retorno.

- O que houve? Perdeu a carona?

- Esqueceram de mim...

- Entre! Eu levo você até a sua casa.

- Não precisa... O ônibus já está vindo.

- O que foi? Você está com medo de mim?

- Não é isso...

- Onde você mora?

- Algumas quadras daqui.

- Entre no carro! Já está tarde para você ficar aqui sozinha... É muito perigoso.

Érica aceitou a carona oferecida por Paulo e entrou no carro, mas ficou ressabiada. Afinal, Eles se conheceram naquela noite. Eram totalmente estranhos.

- Chegamos! É aqui.

- Eu vou estacionar o carro mais próximo da calçada...

- Não precisa... Aqui está ótimo. Obrigada. Você foi muito gentil em me trazer.

- Não esqueça as fotos na segunda-feira?

- Pode deixar. Eu vou ser a primeira pessoa a chegar.

- Tchau!

- Tchau!

Naquele momento Érica não deu abertura para uma aproximação maior entre os dois. Paulo percebeu certa retração no comportamento dela e insistiu com as fotos, usando-as como pretexto para se conhecerem melhor.

No dia seguinte, pela manhã, Paulo acordou irritado com o celular tocando sem dar descanso aos seus ouvidos. Levantou-se ainda sonolento e mal humorado para atender a ligação.

- Alô!

- Paulo, meu filho! É a sua mãe.

- Puxa! Eu estava dormindo, mãe. Eu cheguei da festa um pouco tarde... Estou podre.

- Vocês dormem demais nas grandes cidades. Eu estou de pé desde as cinco da manhã.

- Eu sei... O ritmo de vida é diferente. E hoje é sábado. Eu mereço dormir, dormir, dormir...

- Desculpa! É que eu estou eufórica com os preparativos para a festa de aniversário do seu pai. Eu queria saber se você vem mesmo... Não vou aceitar um não.

- Claro que eu vou... A senhora está me intimando.

- É uma intimação mesmo... Já está tudo acertado com os seus irmãos e as outras pessoas.

- Só espero que não tenha muita gente...

- Não... É só a família e algumas pessoas mais próximas.

- Eu vou levar alguns amigos... Duas pessoas.

15

- Não deixe de trazer a Rita.

- Ela já confirmou a presença... Disse que está morrendo de saudades de vocês e da fazenda.

- Eu também estou com saudades dela. E como você está? Não está trabalhando demais, está? Não deixe de se alimentar direito, viu. E pare com essas farras pelas madrugadas. Já está passando da hora de você se casar e sossegar... Seu safado!

- Ah! Ah! Ah! Está bem.

- Espero por vocês no sábado... Um beijo!

- Outro... Tchau!

O clima na fazenda já era de festa. Margarida ficou empolgadíssima. Começou a fazer a lista dos convidados e a cuidar dos preparativos para a comemoração do aniversário do marido.

- Sílvio, eu acabei de falar com Paulo e já acertei tudo com ele.

- Você está mesmo eufórica.

- Todas as minhas crianças juntas novamente... Não é maravilhoso?

- Claro que sim! Será como nos velhos tempos... Só que eles não são mais crianças.

- A família está crescendo, meu velho... Vilma com o seu marido e os nossos netos Karina e Rodrigo, Marcelo e Sônia com os gêmeos e Jorge.

- Você se esqueceu de Paulo.

- E Paulo... Como eu poderia me esquecer dele.

- Será um sábado muito movimentado...

- O que foi Sílvio? Parece que você não está gostando muito da idéia.

- Estou adorando... Eu amo todos os meus filhos. Passar o meu tempo com eles é o que eu mais quero. A vida é assim mesmo... Eles crescem, criam asas e voam.

- Mas o que está incomodando você?

- Jorge...

- Mas já se passou tanto tempo!

- Você sabe muito bem qual é o comportamento dele em ralação a mim.

- Jorge amadureceu... Ele tem o seu trabalho e comanda a sua própria vida. Ele mudou!

- Espero que ele tenha mudado mesmo. É muito constrangedor ter que evitar o meu próprio filho. Ele foi o filho que eu mais me dediquei... E o que mais me magoou. Fez-me chorar de tanta tristeza e perder muitas noites de sono.

- Mas isso é passado... Hoje ele é um novo homem.

- Assim eu espero. Não quero me aborrecer.

- Não irá meu querido. Dará tudo certo.

Margarida ficou um pouco preocupada, mas não deu grande importância às cismas do marido. E continuou com os preparativos para a festa de aniversário dele.

Érica chegou bem cedo na produtora para fazer o book. Paulo estava agitado entre os funcionários, correndo de um lado para o outro, para concluir o fechamento de uma campanha publicitária. Mas quando ele foi avisado de que Érica já havia chegado, largou o que estava fazendo e foi recebê-la.

- Bom dia!

- Érica! Você veio mesmo!

- Eu falei que vinha... Você não acreditou?

- Confesso que eu tive as minhas dúvidas... Achei que você não ficou empolgada com o convite.

- Eu estou aqui... Você está muito ocupado?

- Não... Hoje está calmo.

- Calmo? Com toda essa agitação?

- Ah! Ah! Ah! Depois de uma pausa para descanso no final de semana, o pessoal fica um pouco lento. Mas engrena logo...

- Pensei que fosse um lugar mais simples.

- Está preparada? Podemos começar a tirar as fotos hoje mesmo?

- Imediatamente!

- Você trouxe alguma roupa que gostaria de usar?

- Trouxe sim.

- Tem muita coisa no estúdio que você pode usar. Fique bem à vontade... Eu vou pedir para alguém ajudar você com a produção.

- Está bem.

- Só aguarde uns minutinhos... Eu já começo a trabalhar com você. Precisando de algo mais, fale com Rita, ela providenciará o que for necessário.

Paulo retornou minutos depois e começou a trabalhar com Érica. Ele ficou tão entusiasmado com os seus movimentos bem expressivos, que se entregou completamente à sedução do brilho dos seus lindos olhos verdes e do seu sorriso encantador. E naquele momento, ele percebeu que não poderia mais negar o sentimento que crescia dentro do seu peito. Estava apaixonado.

- Acho que por hoje chega – disse Paulo, encerrando a sessão de fotos.

- Fiquei exausta.

- Gostou? Você tem uma ótima expressão e boa desenvoltura.

- Que bom que você gostou... Mas eu acho que você está exagerando para me agradar.

- Que isso! Eu tenho experiência no ramo... Tenho visão. Não sou um aproveitador.

- Desculpa! Eu não quis ofender você. É que eu me sinto um pouco insegura.

- Você não confia em mim? Pelo menos como profissional?

- Eu não quis insinuar algo a seu respeito... Pelo contrário, eu me sinto bem com você. Eu não sei explicar... Eu me sinto em paz, leve.

- Eu também gosto muito de estar com você.

Os dois ficaram em silêncio por alguns instantes. Eles não conseguiram mais pronunciar sequer alguma palavra, mas os seus olhos se rebelaram. Brilharam e conversaram entre si o tempo todo, impulsionando os seus corpos a ficarem cada vez mais próximo um do outro. E eles não puderam mais esconder os seus sentimentos.

Paulo se deu conta de onde estava e se afastou de Érica, que ficou meio perdida e saiu apressada para trocar de roupa. E logo assim que ela retornou ao estúdio, ele a convidou para almoçar.

Ele escolheu um restaurante bem requintado e reservado. Os dois passaram uma tarde agradável, conversando sobre como se conheceram, os seus gostos e preferências em comum. Colocaram as suas afinidades sobre a mesa.

- Quando eu olhei para você na festa, senti algo diferente dentro de mim. Você mexeu comigo – confessou Paulo, olhando dentro dos olhos dela.

- Eu percebi. Senti algo me incomodando... Aquela cisma que a gente tem quando alguém fica olhando direto para gente. Fiquei inquieta... E quando eu me virei, encontrei você.

- Você sorriu...

- E você não perdeu tempo?

- Claro! Desde a festa você não saiu da minha cabeça. Eu acho que estou apaixonado por você!

- Não fale assim... Nós nos conhecemos há alguns dias.

- Você não sente nada por mim?

- Sinto... Eu também gosto muito de você. E espero que você esteja sendo sincero comigo.

- Eu não entendo... Se você gosta de mim e eu gosto de você, qual é o problema? Eu não estou pedindo a sua mão em casamento. Eu só quero que a gente se conheça melhor.

- Eu sei... É que eu já passei por algumas decepções na vida. Eu não gostaria de me machucar novamente.

Por isso eu fico cheia de cuidados. Não é você... Sou eu.

- Mas eu estou abrindo o meu coração para você. Estou sendo sincero... Eu jamais magoaria você.

- Eu já ouvi isso antes... Eu não quero viver a mesma história. Você está me entendendo? Eu não tenho vocação para ser hospedeira de parasita.

- Hospedeira? Essa foi boa... Ah! Ah! Ah!

- Eu estou falando sério!

- Você não pode ficar travada assim. Eu acho que na vida corremos muitos riscos... E um deles é o que você acabou de falar: ser um hospedeiro de algum parasita. Acho até que eu já fui um hospedeiro e não percebi.

- Ah! Ah! Ah! Você é divertido.

- Só divertido?

- Também...

- Não acontecerá nada de ruim... As decepções que você viveu no passado, ficaram para trás. Eu seria incapaz de causar algum sofrimento a você... Eu prometo!

- Não faça Promessas! Elas se quebram e a gente não consegue colar os pedaços.

- Eu sei... Vamos tentar juntos?

- Nossa! Como é bom ouvir isso de você. Acho que qualquer mulher gostaria de estar no meu lugar.

- Acho que outra mulher não me inspiraria a falar o que eu estou falando. É único... Só para você.

- Você me tira do chão!

- Você quer passar esse final de semana comigo na fazenda dos meus pais em Minas? Nós vamos fazer uma festinha de aniversário para o meu pai no sábado... Vamos?

- Não sei...

- Rita irá com a gente. Toda a minha família estará lá. E a família é grande... Viu! Não há segundas intenções. A casa estará cheia!

- Eu vou pensar...

- Mas você não gosta do campo? E tem mais... Nós podemos ficar mais tempo juntos e se conhecer melhor... A paisagem é maravilhosa. Você ficará deslumbrada.

- Eu acho um pouco precipitado... Melhor não.

- Por que não?

- Nós nos conhecemos há pouco tempo... Eu prefiro ir mais devagar.

- Pense melhor... E você ainda não me deu o número do seu telefone?

- Digite aí o número no seu celular...

- Se eu sentir saudades, eu posso ligar para você?

- Claro!

- Eu vou ficar ansioso aguardado uma resposta sua. E não vou ligar... Você resistirá à tentação?

- Vou me esforçar... Bobinho!

- Vamos! Eu tenho que voltar para a produtora.

- Vamos!

Capítulo 2

A semana passou um pouco arrastada. E no sábado, pela manhã, Érica desembarcou junto com Paulo e Rita no aeroporto em Minas Gerais. Esteves, empregado da fazenda, já estava em prontidão aguardando a chegada deles.

- Sr. Paulo! Quanto tempo!

- Esteves! Como tem passado?

- A mesma vidinha de sempre... Vamos! D. Margarida está ansiosa esperando por vocês. Ela está muito agitada.

- Mamãe sempre foi assim, Esteves.

- Hoje ela está demais... Quem são as moças bonitas?

- Esta é Érica... Não se lembra de Rita?

- D. Rita! Agora eu me lembrei... A senhora está diferente.

- Eu já estive na fazenda outras vezes... Mas já faz algum tempo.

- Isso mesmo! D. Margarida sempre fala que faz muito gosto no casamento do Seu Paulo com a senhora.

Érica se segurou para não demonstrar que não gostou de saber sobre a possibilidade da existência de um romance entre Paulo e Rita. Disfarçou, virou o rosto e entrou no carro. Paulo ficou retraído, e sentiu a vontade de amarrar Esteves na asa de um daqueles aviões e despachá-lo para bem longe dali.

Rita se sentiu bem confortável em saber que era a preferida pela família para exibir o título de nora. Sorriu. Passou as mãos nos cabelos, ajeitou-os e sacudiu as suas mechas louras, esbanjando vaidade. Paulo entrou no carro meio sem jeito e se sentou perto de Érica, que se afastou dele. E Seguiram para a Fazenda.

- Está gostando Érica? – perguntou Paulo, tentando quebrar o silêncio.

- Adoro esse cheiro de mato... Como não gostar.

- É tudo muito bonito mesmo! – intrometeu-se Rita.

- Falta muito? – incomodou-se Érica.

- Já estamos quase chegando... – respondeu Paulo, tentando animá-la.

- Será que os seus pais vão gostar de você ter me convidado? Eles não me conhecem.

- Claro que vão... Eles são gente finíssima. E você é minha convidada. Você também gostará muito deles.

O carro tomou a entrada da fazenda. E Margarida ao ver o filho, não sabia se ria ou se chorava.

- Que bom que você está aqui, meu filho – vibrou Margarida de felicidade.

- Mãe! A Senhora está ótima. Papai, o senhor sempre forte como um touro.

- Vamos entrar Rita! Há quanto tempo nós não nos víamos!

- É muito bom estar aqui com vocês, D. Margarida – respondeu Rita, abraçando-a e em seguida beijando-lhe o rosto.

- Quem é a outra moça? – perguntou Margarida.

- Érica... Uma amiga - respondeu-lhe Paulo.

- Prazer em conhecê-la, minha filha! – cumprimentou-a Margarida.

- O prazer é todo meu.

- Vocês fizeram boa viagem? Devem estar morrendo de fome.

- Correu tudo bem, mãe.

- Vamos entrar meninas? Fiquem à vontade! Sintam-se como se estivessem na casa de vocês – convidou-as Margarida, enlaçando-se ao braço de Rita.

Enquanto Rita e Érica se acomodavam na sala, Paulo correu para abraçar os irmãos e matar as saudades. Ele ficou encantado com os seus sobrinhos, os gêmeos Lauro e Mauro. Paulo sempre gostou muito de crianças e alimentou o sonho de ter uma menina, mas esse sonho acabou sendo adiado devido a sua total entrega ao trabalho e ao gosto pela liberdade da vida de solteiro.

E quando ele era cobrado pelos pais para se casar logo e formar a sua família, usava sempre o mesmo jargão e dava as mesmas desculpas. Que ainda não havia encontrado a mulher ideal para dividir a sua vida. Que família para ele era sagrada e que colocar um filho no mundo naquele momento estava fora de cogitação. E que não tinha tempo nem para ele, quanto mais para cuidar de outras pessoas. Não se sentia preparado.

- Esses meus sobrinhos são um barato... Eles são idênticos! – disse Paulo, divertindo-se com os meninos.

- Eles são terríveis! – reclamou Marcelo, pai dos meninos.

- Você ainda continua no ramo imobiliário, Marcelo? – perguntou-lhe Paulo.

- Ainda estou meu irmão... Eu não tenho a vida que você tem. Tenho que trabalhar duro!

- Pare de reclamar da vida! Eu corro atrás para ter a vida fácil que você está falando. Chego a minha empresa pela manhã e saio depois dos funcionários. E ainda trabalho em casa... Fácil demais não é?

- Ih! Deixe isso para lá! Hoje é dia de festa... Eu não estou a fim de ficar discutindo com ninguém.

- E você, Vilma? Está gostando de morar em Alagoas?

- Eu gosto de lá... É muito bonito. Mas eu sinto falta da fazenda. Enquanto a empresa que o Marcos trabalha estiver operando por lá, a gente vai ficando.

- Puxa! As crianças cresceram... - surpreendeu-se Paulo.

- É mesmo... Rodrigo era recém-nascido quando você o viu pela primeira vez.

- O tempo passa rápido... E quando a gente percebe, já está ficando velho. Eu tenho que começar a providenciar os meus pimpolhos também.

- Pretendentes não devem faltar... Você chegou com duas.

- Que isso! São apenas amigas.

- Amigas? Ah! Ah! Ah!

- Ah! Ah! Ah! E você Jorge?

- Não tenho nada de especial para contar. A minha vida tem tomado rumos como a de todos. Naturalmente...

- E por que ainda não se casou?

- Pelo mesmo motivo que você... Ainda não encontrei a pessoa certa. Já estive noivo uma vez, mas não deu certo.

- Eu não sabia disso.

- Eu não anunciei no jornal. Nada tão importante... Como sempre.

- Ihhhh! A viagem deixou todo mundo estressado.

- Paulo, por que você não sobe com as meninas e tomam um banho? Eu já vou mandar preparar a mesa... Aquele churrasco do jeitinho que todos gostam! - intrometeu-se Margarida na conversa entre os irmãos para acalmar os ânimos. - Vamos meninas! Antônia mostrará o quarto para vocês.

- Eu cuido do seu quarto todos os dias. Até parece que o senhor nem foi embora. D. Margarida não deixa tirar um objeto do lugar – confessou Antonia, dando algumas risadas.

- Obrigado, Antonia! Você sempre foi tão amorosa conosco – agradeceu-lhe Paulo.

- As meninas podem ficar no quarto dos fundos. O banheiro é no final do corredor. Se precisarem de alguma coisa é só pedir.

- Obrigada, meu amor – disse-lhe Rita, gentilmente.

Sílvio surpreendeu Paulo com uma rápida visita ao quarto em que ele estava. Demonstrou-lhe grande satisfação em tê-lo de volta à fazenda. Paulo sempre foi o filho mais amoroso de todos e o que sempre teve mais responsabilidade.

- E aí garotão? Como vão as coisas lá pelo Rio de Janeiro?

- Venha cá! Eu quero lhe dar um abraço bem apertado. Este é o meu velho... Sempre forte, esbanjando saúde para todos os lados.

- É a vida na fazenda... Não é como nas grandes cidades turbulentas. Aqui é calmo, saudável e rejuvenescedor.

- O que não faz a vida no campo! Ah! Ah! Ah!

- E Rita?

- O que tem ela?

- Acabou o romance?

- Que romance o quê, pai... Nós nos damos melhor como amigos.

- Mas vocês foram mais que namorados?

- Deixe isso para lá! Esteves já me deixou sem graça... Falou perto de Érica que vocês gostariam que eu me casasse com Rita.

- E é verdade! Mas... Você e essa moça estão namorando?

- Ainda não...

- Ainda não? Então?

- Não sei... Eu estou interessado nela. Acho que ela também gosta de mim.

- Mas ela é bem mais nova que você. Uma cabritinha novinha.

- Ah! Ah! Ah! Uma cabritinha linda!

- Vá com calma, filho. Essas novinhas...

- A gente está se conhecendo, pai. Não é nada sério.

- Rita é uma mulher mais madura. Forte. Trabalha duro com você na empresa. É de uma mulher assim que você precisa.

- Rita como mulher já foi... Agora só como amiga mesmo. É uma parceira incrível na produtora.

- Que pena! Ela seria uma ótima nora e uma excelente mãe para os meus netos. Vocês trabalham juntos há anos... É quase um casamento.

- É um casamento sem sexo... Ah! Ah! Ah!

- Ah! Ah! Ah!

- Nós estamos juntos desde a criação da produtora. Quando eu estou viajando a negócios ou tirando férias, ela assume a direção da empresa... É o meu braço direito.

- Coisa cada vez mais rara hoje em dia... Pessoas de confiança ao nosso lado.

- Eu confio plenamente nela.

- E a outra moça?

- Érica?

- Essa mesma...

- Eu a conheci em uma festa na casa de Rita. Gostei dela e a convidei para passar o final de semana com a gente na fazenda. Fiz mal?

- De jeito algum... Ela parece ser uma boa moça.

- Eu estou preparando o book dela. Já tiramos algumas fotos. Ela tem o interesse em tentar a carreira de modelo. Eu estou dando uma força.

- Você está mesmo interessado nela? Quero dizer... Pretende avançar para algo mais sério?

- Ela é uma mulher interessante... Se a coisa ficar séria, o senhor será a primeira pessoa que ficará sabendo.

- Claro que sim... Estou esperando por isso desde que você nos apresentou Rita. E olha só no que deu.

- Não foi bem assim... O senhor não ganhou uma nora, mas ganhou uma grande amiga.

- Isso é uma grande verdade. Eu vou descer. A sua mãe está me esperando. Não demore!

- Já estou indo...

- Mexeram em alguma coisa? Está tudo em ordem? - perguntou Antonia ao passar pelo quarto.

- Está tudo no lugar e nos seus mínimos detalhes. É incrível uma coisa dessas. Se contar ninguém acredita.

- Ordens da sua mãe... Ela não gosta que tire nada do lugar. Acho que assim, ela pensa que vocês ainda estão morando aqui... Que não foram embora.

- Mamãe é assim mesmo... Você a conhece melhor do que ninguém. E a sua filha?

- Ela foi morar na Bahia... Está estudando por lá. Ela se formará em veterinária no ano que vem.

- Esteves não mudou nada.

- Ele tem uma saúde de ferro.

- Faça um favor para mim... Veja se as meninas estão precisando de alguma coisa?

- Eu vou dar uma passadinha lá no quarto...

- Obrigado.

Mais tarde, a família foi se acomodando em volta da mesa ao som das violas que tocavam músicas da região. Margarida ficou radiante e emocionada ao ver todos os filhos ali reunidos para comemorar o aniversário do pai.

A mesa estava farta. Muito churrasco, bebidas, guloseimas e mais alguma coisa. Mas no meio de tanta descontração, uma nuvem escura começou a pairar sobre todos. A indiferença entre Sílvio e Jorge foi ficando intragável. Sílvio não se deixou contaminar pelo mau humor do filho, continuou rindo e brincando, feliz por ter toda a família reunida a sua volta. Emocionou-se e não conseguiu conter algumas lágrimas.

Paulo tirou Érica para dançar e, logo em seguida, todos começaram a acompanhar o ritmo do casal. Dançaram, brincaram e sorriram sem parar. Jorge começou a ficar muito incomodado. Vilma percebeu a insatisfação do irmão e o chamou para dançar, mas ele amarrou a cara e recusou.

- Que mau humor! Deus me livre! Por que você não ficou na sua casa então? – irritou-se Vilma.

- Vá dançar com o seu marido e me deixe em paz. Eu sou assim mesmo. Vocês são uns santos... Os filhos queridinhos do papai e da mamãe!

- Pode parar com os seus deboches! É o aniversário do papai... E ele está muito feliz.

- Para mim é um dia igual ao outro...

- Não é não! É um dia muito especial.

- Eu não acho... Não tenho que ficar rindo se não estou com vontade. Eu não tenho a obrigação de agradar ninguém.

- Quer saber? Eu vou dançar! Hoje é dia de muita alegria, de se esbaldar de rir. Quem vive de passado é museu. Tire essas coisas ruins de dentro de você.

- Agora você se tornou a santa Vilma. Poupe-me do sermão. Com licença... – irritou-se Jorge, levantando-se da mesa, deixando-a sozinha.

- Eu que agradeço... O ambiente ficou até mais leve – ironizou Vilma.

Jorge se deslocou para um grande pátio nos fundos da casa. Era seu lugar predileto desde adolescente. Sílvio percebeu a indisposição entre os irmãos e saiu caminhando atrás de Jorge para averiguar o que estava acontecendo.

- O que houve Jorge? Você e a Vilma estavam discutindo? Você não está feliz em ver a sua família toda reunida? O que perturba você, meu filho? – insistiu Sílvio, ficando irritado com o silêncio do dele. – Fale alguma coisa!

- Filho? Há muitos anos que eu deixei de ser seu filho. Você sabe muito bem disso.

- Para que desenterrar o que está morto?

- Para mim nada morreu. Tudo está bem vivo no meu dia a dia. Procurei até um psicólogo, mas não adiantou.

- Só você poderá se ajudar, ninguém mais. Filho...

- Você usa tanto a palavra "filho", mas não me tratou como filho na hora que eu mais precisei de você. Eu fiquei totalmente sozinho, abandonado.

- Eu posso ter errado com você, Jorge. Mas você também errou muito comigo.

- Não me venha falar sobre erros agora...

- Por que não? Você nunca assumiu os seus erros. Sempre foi irresponsável. Meteu-se com pessoas que o levaram a destruição total. Nunca pensou em mim ou em sua mãe. Passamos muitas noites sem dormir por sua causa.

- Você sempre deu mais atenção aos outros filhos do que a mim.

- Isso não é verdade! Você não pode falar uma coisa dessas. Eu sempre fui atencioso com todos os meus filhos. Você que sempre foi muito difícil, genioso e fechado. Sempre colocou uma barreira enorme entre nós dois.

- Você agora quer tirar o peso dos seus ombros, não é? Quer jogar tudo nas minhas costas? Já não basta o peso que eu carrego todos os dias da minha vida?

- Já está na hora de você se livrar dele, meu filho. Não se torture mais por coisas que ficaram no passado. Não vale a pena, só causará mais sofrimento a você, a mim e a sua mãe... Você não está vendo isso?

- Caramba! Eu não tive culpa! Eu era muito jovem e não sabia o que estava fazendo. Eu fui me enfiando nas drogas e quando percebi, já era tarde demais. Comecei a roubar para sustentar o meu vício. Precisava pagar as dívidas que tinha com os traficantes. Eu era ameaçado o tempo todo de morte. Eu não podia deixar que eles viessem cobrar a dívida aqui na nossa casa. Se eu pedisse algum dinheiro para o senhor ou para a mamãe, vocês desconfiariam. Eu tinha medo que acontecesse alguma coisa com vocês. Você pode não acreditar, mas eu sentia muita vergonha do que eu estava fazendo. Passei a me sentir um lixo. Você nunca me entendeu.

- Eu não podia entender o que estava acontecendo com você... Eu sempre procurei dar o melhor para todos vocês. Educação, boas roupas, tudo o que vocês desejaram. Trabalhei duro para formar filhos dignos e honestos. Filhos e filhas que pudessem ser bons pais para os seus filhos, como eu e a sua mãe fomos para vocês.

- Desculpa! Desculpa! Eu amo você demais. Não aguento mais ficar longe de você.

- Eu também o amo muito, filho. Perdoa-me por ter falhado com você. Não guarde ódio de mim.

Sílvio e Jorge não conseguiram mais suportar o peso dos aborrecimentos, das agressões e das mágoas que carregavam em seus corações ao longo de muitos anos. Abraçaram-se e começaram a chorar como duas crianças.

- Pai, por favor, perdoa-me. Eu amo você, pai. Eu não sinto ódio por você. Eu errei. Você sempre esteve certo. Eu que decepcionei você.

- Eu também errei muito, filho. Mas hoje vamos enterrar toda essa história. Deus seja louvado por este dia, por trazer de volta a harmonia a esta casa. Vamos, filho! Vamos nos juntar aos outros.

A família começou a ficar preocupada com a ausência deles. Margarida pediu a Paulo que fosse ver o que estava acontecendo. Mas não foi preciso. Sílvio e Jorge apareceram abraçados diante de todos. E tudo ficou tão claro como a água mais cristalina, pai e filho fizeram as pazes.

Margarida vibrou de felicidade e os outros irmãos ficaram de queixo caído. Custaram a acreditar no que estavam vendo. Mas era real e ficou registrado na memória de todos. Antônia aproveitou a euforia de todos e colocou a torta de chocolate sobre a mesa. Acomodaram-se e cantaram parabéns. Os violeiros embalaram no ritmo e começaram a tocar algumas músicas. E todos fizeram uma grande farra. Arrastaram o pé para lá e arrastaram o pé para cá até o final da festa. Ficaram totalmente exaustos. Comentários? Nenhum... Apenas trocas de olhares com a expressão de satisfação e alívio.

Capítulo 3

Ao desembarcarem no aeroporto do Rio, Érica foi para a sua casa. Paulo e Rita seguiram para a produtora. Eles tinham uma reunião importante com o gerente de marketing de uma empresa bem conceituada no ramo de cosméticos. Uma conta nova que passou a integrar a carteira de clientes da produtora.

Durante a reunião, foram apresentadas as diretrizes de marketing da campanha, processo de criação, formatos, padrões, cronogramas, perfil da modelo e outros elementos inerentes à elaboração e execução dos trabalhos. A empresa de cosméticos pretendia lançar com urgência no mercado uma linha nova de sabonetes, shampoos e hidratantes.

Dias depois, Roberto, o gerente de marketing da empresa de cosméticos, ligou para a produtora para falar com Paulo sobre a campanha publicitária.

- Pronto! Pode falar... É Paulo.

- Paulo! Tudo bem? É Roberto. Como estamos indo com a campanha? Precisamos acelerar... O tempo está correndo contra a gente.

- Estamos no processo final. É complicado encaixar uma modelo dentro do perfil que a empresa deseja... São muitos detalhes. Mas, nós estamos avançando.

- Entendo... É que eu estou sendo muito pressionado, entende? Há uma grande urgência no lançamento dessa linha de cosméticos.

- Compreendo... Mas está tudo fluindo dentro do prazo. Modelos é o que mais tem no mercado... Vamos encontrar a que melhor se encaixa na campanha. Já estamos fazendo a seleção das fotos de algumas.

- Isso! Eu preciso de uma definição ainda hoje, Paulo. Não poderá passar de hoje.

- Deixe comigo! Eu não vou decepcionar vocês. A minha produtora tem anos de experiência no mercado.

- Eu sei... Por isso nós confiamos o trabalho a você. É a pressão... Muita pressão! Tem hora que a gente não aguenta.

- É muito louco mesmo... Eu vou verificar se as fotos já foram selecionadas e mando por e-mail para você.

- Não! Por e-mail não! Eu prefiro olhar a foto no papel... No vídeo fica meio distorcido. Eu acho.

- Eu vou sair para almoçar e a gente vê isso à tarde. Está bom para você?

- Eu passo na produtora hoje à tarde e a gente fecha logo isso. Até mais tarde!

- Merda! – exaltou-se Paulo depois que encerrou a ligação.

Ele não perdeu tempo, saiu da sala e se reuniu com a sua equipe de colaboradores, deixando-os em estado de alerta. E começou a maior agitação na produtora. Eles vasculharam todos os arquivos e entraram em contato com outras agências de modelos, sem parar um segundo sequer nem para tomar água.

Depois de todo nervosismo, Paulo parou por um instante para relaxar e tomar um café. Deixou as fotos de Érica em cima da sua mesa e saiu para almoçar, esfriar a cabeça. Como Rita havia saído para visitar um cliente e não retornaria mais para a empresa naquele dia, ele passou algumas instruções para a sua assistente, caso o gerente de marketing da empresa de cosméticos chegasse antes dele. Cercou-se de todos os cuidados para não ocorrer qualquer constrangimento.

Quando retornou do almoço, Roberto já estava esperando por ele na sala de reunião da produtora.

Paulo olhou para o relógio, resmungou, e foi imediatamente conversar com ele. Cumprimentou-o e se sentou à mesa junto dele.

- Como vai Roberto?

- Paulo! Eu cheguei um pouco antes do horário que nós marcamos. Algum problema?

- Não há problema algum? Você está me esperando há muito tempo?

- O suficiente... A sua secretária me recebeu muito bem. Eu estou me sentindo à vontade. Parabéns!

- Obrigado.

- Eu que agradeço pela recepção acolhedora.

Sobre a mesa já havia algumas fotos selecionadas, expostas uma ao lado da outra. Paulo olhou para o volume das fotos que ele tinha rejeitado e torceu o nariz. Pediu licença, levantou-se da cadeira e foi pegar um café. Demorou alguns minutos a mais do que pretendia, propositalmente, para não demonstrar tanta ansiedade.

Assim que ele retornou para a sala, deparou-se com Roberto olhando, com a cara de desgosto, para as fotos das modelos selecionadas. Sentiu um frio no estômago. Pois o seu tempo estava ficando curto e as melhores modelos que conhecia estavam ali diante do chato do gerente de marketing da empresa de cosméticos.

- É só isso que você tem? Não consigo enxergar afinidade alguma com a campanha...

- São as nossas melhores modelos... São lindas!

- Não é isso... São lindas! – e continuou Roberto a olhar para as fotos, totalmente desinteressado.

Paulo procurou conduzir a situação com frieza. Afastou-se da mesa, foi até a janela e continuou tomando o seu café. Deixou Roberto bem à vontade, embora estivesse super irritado com os seus desvarios.

A sua assistente se aproximou da porta, pediu licença e entrou na sala toda afobada com algumas fotografias na mão. Ele olhou sério para ela e fez sinal para que as entregasse para Roberto. E continuou de costas, olhando para fora da janela. E um grito de euforia explodiu por toda a sala.

- Esta é perfeita! - exaltou-se Roberto. - Ela tem tudo a ver com a linha de cosméticos que vamos lançar.

- Qual delas? – perguntou-lhe Paulo, sentindo-se mais aliviado.

- Esta! - Respondeu Roberto, mostrando-lhe a fotografia da modelo que selecionou para fazer a campanha publicitária.

Paulo tomou um susto e se engasgou com o café. Arregalou os olhos e ficou mudo por alguns segundos. Não entendeu como as fotos de Érica foram parar nas mãos de Roberto.

- Algum problema com a moça? – perguntou Roberto sem entender a cara de espanto dele.

- Não! Que bom que você gostou. Eu também acho que ela tem o perfil que a empresa procura.

- Precisamos do trabalho concluído até o final da semana. Agora eu tenho que ir... Já tomei muito do seu tempo.

- Ok! O trabalho nos espera...

- Eu ligo para você.

- Ok!

Roberto acertou os detalhes finais com Paulo, despediu-se e saiu carregando uma fotografia de Érika. Ele pretendia apresentar a modelo selecionada para a campanha publicitária, na próxima reunião com a diretoria da empresa de cosméticos.

Assim que Roberto saiu da produtora, Paulo chamou toda a equipe de colaboradores na sala para esclarecer o que tinha acontecido. Ficou irritado e muito bravo com a falha ocorrida. Érica não era modelo profissional e não estava entre as que foram pré-selecionadas e aprovadas por ele.

- Quem colocou essas fotos no meio das outras que foram pré-selecionadas para a campanha dos cosméticos? – perguntou-lhes Paulo, totalmente irritado, comprimindo as fotos de Érica na mão.

- Fui eu... Eu entrei na sua sala para deixar a pasta com alguns documentos e vi as fotos em cima da mesa. Pensei que você tinha esquecido e as levei para você. Você mandou entregá-las para o cliente. Desculpa! – manifestou-se a assistente, toda encabulada.

- Eu estou furioso! Falhas como esta não podem acontecer mais...

- Desculpa! Eu só quis ajudar... Eu achei...

- Não achem! Perguntem! Insistam!

- Eu sinto muito... Eu não tive a intenção de prejudicá-lo. Eu vou pegar as minhas coisas... Estou me demitindo. Eu vou embora!

- Que embora o quê... Você salvou o meu dia. Ele escolheu a garota da foto que você trouxe.

- Mas eu cometi um erro...

- Todos nós cometemos erros... Podem ir. Obrigado!

No dia seguinte, assim que Rita chegou à produtora, Paulo expôs toda a situação. Ela ficou de queixo caído. Não concordou com a escolha de Érica para fazer a campanha.

- Você está louco! Ela não tem experiência... É muito crua para assumir tal responsabilidade.

- O cliente a escolheu. Foi instantâneo. Tem que ser ela. Ela é bonita... Tem um porte elegante.

- Você está assumindo um risco muito alto. Mas... E se ela não aceitar o trabalho?

- Não podemos nem pensar nesta hipótese. Temos que fazer de tudo para segurá-la. Este cliente é muito importante para a produtora. É uma conta rentável e nos dará muito prestígio no mercado.

- Se não há outra saída...

- Eu tenho que sair para resolver algumas coisas... Ligue para ela e peça para vir o mais rápido que puder para a produtora.

- Eu não tenho o número do telefone dela.

- Eu vou passar para você... Coloque aí na lista de contatos do seu celular. Faça isso logo!

- Eu estou achando tudo isso um pouco irresponsável... Sai totalmente do profissional. Fica parecendo coisa de principiante, de amador.

- O cliente a escolheu!

- O gerente de marketing da empresa não sabia... Confiou na gente. Ela não é nem aspirante de modelo.

- Não dá mais para retroceder. Conto com você para deixá-la no ponto... Vamos trabalhar duro com ela. Por isso que eu prefiro que você ligue.

- Eu vou ligar... Mas continuo achando a sua decisão equivocada e antiprofissional.

- Vamos cruzar os dedos e torcer para tudo dar certo.

- Eu vou ligar para ela.

- Eu tenho que ir... Tchau!

- Tchau!

Rita ligou imediatamente para Érica. Não gostou muito da idéia, mas não teve alternativa, rendeu-se aos apelos de Paulo. Afinal, ele era o dono da produtora.

- Alô! – atendeu Érica.

- Érica! É Rita.

- Rita?

- É... Da produtora do Paulo. Fomos juntas para a Fazenda.

- Claro! Tudo bem?

- Surgiu um trabalho para você.

- Como? Você está brincando comigo. Não posso acreditar nisso!

- Paulo quer conversar com você para acertar os detalhes. Venha para cá o mais rápido que puder.

- Mas como?

- Um cliente gostou das suas fotos. Você terá que se empenhar bastante. É uma campanha importante.

- Claro! Eu já estou indo... Tchau!

- Tchau!

Érica ficou eufórica. Tapou a boca com as mãos para abafar os gritos e começou a pular de felicidade. Não perdeu tempo, abriu o guarda-roupa, escolheu um dos seus melhores vestidos, aprontou-se e saiu apressadamente porta afora. Minutos depois ela chegou à produtora.

- Já chegou! – surpreendeu-se Rita.

- Oi! Tão rápido como um foguete.

- Vamos! Paulo explicará tudo para você.

Quando Érica entrou na sala, Rita percebeu a troca de olhares entre ela e Paulo. Sentiu-se desconfortável. Usou o pretexto de que tinha um trabalho urgente para finalizar e se retirou, deixando-os à vontade.

- Sente-se aí... Rita já contou as novidades para você? – perguntou-lhe Paulo.

- Mais ou menos... Ela falou que você me explicaria melhor.

- Um dos nossos clientes viu as suas fotos e ficou bastante empolgado. Escolheu você para divulgar uma linha de cosméticos que será lançada no mercado em breve. Eles querem que você seja a modelo da campanha.

- Claro! É tudo que eu mais quero. Obrigada, Paulo!

- Não agradeça ainda... Temos muito trabalho pela frente. Você topa?

- Claro! Eu topo!

- Você terá que se dedicar o máximo e aprender rápido. Você é inexperiente, mas contamos com pessoas capacitadas para trabalhar com você. O cliente é exigente.

- Eu aprendo rápido... Você me ajudará? Isso é muito importante para mim também. Eu não decepcionarei vocês.

- Você já almoçou?

- Não.

- Quer almoçar comigo?

- Ótima idéia! Eu fiquei até com fome depois de tudo isso... Ai! Eu estou tremendo de nervoso!

- Você ficará sobre os cuidados da Rita. Ela vai pegar pesado. Marcação cerrada... Entendeu?

- General?

- Isso! Mas sabendo lidar com ela... Fica tudo tranquilo.

- Eu vou dar o melhor de mim.

- Então, Vamos!

- Vamos!

Eles saíram da sala e passaram bem sorridentes por Rita, que estava dando algumas instruções de trabalho para os funcionários. Paulo fez sinal que ia almoçar. Ela assentiu com a cabeça e os seguiu com os olhos, deixando escapar um pouco de insatisfação.

No restaurante, Paulo e Érica continuaram a conversa sobre a campanha dos cosméticos. Eles estavam eufóricos. Tentaram disfarçar, mas não conseguiram esconder que estavam cada vez mais apaixonados. E entre uma conversa e outra, os olhares se encontravam, misturavam-se.

- Eu estava pensando em um cenário mais natural para as fotos.

- Como assim?

- Os produtos são de fragrâncias bem suaves... Bem natural. Acho que foi isso que o cliente percebeu quando olhou as suas fotos. Visualizou a afinidade da modelo com a linha de cosméticos.

- Algo... Vamos salvar o planeta!

- Por aí... Você já começou a enxergar o foco do trabalho. Menina esperta!

- Você acha?

- Acho! Eu estava pensando em tirar algumas fotos na fazenda. Lá tem uns recantos magníficos.

- Eu adoraria voltar à fazenda. Foi tão rápido... Não aproveitei nada.

- Podemos partir amanhã mesmo... O que você acha?

- Amanhã? Tão rápido!

- Pode ir se acostumando... Vida de modelo é assim mesmo.

- Vou preparar a minha bagagem. Quando eu contar as novidades para a minha mãe... Mas nada conseguirá estragar a minha felicidade.

- O que tem a sua mãe?

- Ela é do interior... Educação antiga. Acha que a profissão de modelo não é muito confiável. Entendeu?

- Entendi... Então está tudo certo? Eu vou comprar as passagens.

- Por mim, eu já estaria lá.

- Será muito bom para nós dois... - disse Paulo, pegando na mão dela.

- E quanto tempo você pretende ficar na fazenda? - perguntou Érica, soltando delicadamente a sua mão da dele e pegando a taça de água.

- Uns três dias...

- Eu vou adorar... Espero que dessa vez você me mostre toda a fazenda.

- Você ficará deslumbrada com tanta beleza. Agora, vamos fazer um brinde ao sucesso da campanha.

- E ao nosso sucesso! – vibrou Érica.

- Ao nosso sucesso!

Érica foi ao toalete e Paulo chamou o garçom para fechar a conta e pagar as despesas. Quando ela retornou à mesa, os dois se retiraram do restaurante, entraram no carro e Paulo a levou para casa. Ele estacionou o veículo e ficaram conversando um pouco mais.

- Amanhã? – perguntou Paulo.

- Amanhã...

- Só tem uma coisa que não dá mais para esperar até amanhã...

- O quê?

- Isso! – respondeu ele, beijando-a ardentemente.

Paulo ficou eufórico com as boas novas e retornou para a produtora. Pegou todo o material que precisava para começar a trabalhar, os equipamentos, as anotações e os apontamentos. E acertou com Rita todos os detalhes para a execução dos serviços em sua ausência.

- Fique de olho aí, Rita. Trabalhe direitinho... Se surgir algum problema é só me ligar.

- Pode ficar tranquilo... Deixe comigo! Você irá para a fazenda ainda hoje?

- Não. Pretendo viajar amanhã.

- Boa viagem! Tchau!

- Obrigado. Tchau!

Paulo entrou radiante no apartamento e imediatamente começou a preparar a sua bagagem. E depois que ele se sentiu mais relaxado, ligou para a fazenda para informar a mãe sobre a sua chegada.

- Alô!

- Mãe!

- Paulo! Algum problema, filho?

- Não. Está tudo tranquilo. Eu liguei para avisar que estou indo para a fazenda. Vou chegar ao aeroporto pela manhã... Por volta das onze horas. Peça para o Esteves ir me buscar.

- Você vem sozinho?

- Não... Vou levar Érica. Aquela garota que esteve aí comigo e Rita.

- E Rita?

- Rita não irá com a gente. Eu estou indo a trabalho... Preciso tirar algumas fotos. Talvez eu fique por aí uns três dias.

- Pode deixar... Eu vou falar com Esteves. Vou pedir também à Antônia para arrumar os quartos.

- Todos já foram embora?

- Já.

- Que bom! Assim eu fico mais à vontade para trabalhar.

- Esperamos vocês para o almoço?

- Claro! Um beijo!

- Outro... Boa viagem!

Capítulo 4

No dia seguinte, logo pela manhã, assim que desembarcaram em Minas Gerais, Paulo e Érica encontraram Esteves muito impaciente, andando de um lado para o outro pelo aeroporto, esperando por eles. Colocaram toda a bagagem na picape e seguiram para a fazenda.

- Eu estava aflita, filho... Eu tenho pavor de avião.

- Eu estou morrendo de fome... - disse Paulo, correndo para os braços da mãe e a beijando no rosto.

- Você fez boa viagem, filho? - perguntou Silvio, aproximando-se dele e abraçando-o.

- Tirando o atraso do voo e algumas turbulências... Correu tudo bem.

- Vamos entrar! Tudo bem, minha filha? Érica... Não é? - cumprimentou-a Margarida.

- Isso mesmo! Bom dia!

Esteves ficou ajudando Paulo a carregar as bagagens e os equipamentos, enquanto Antônia acompanhava Érica até o quarto que foi reservado para ela. E assim que os dois ficaram bem acomodados, Margarida mandou avisá-los que o almoço já estava na mesa.

- E o trabalho de vocês? Quando começa? – perguntou Margarida ao filho.

- Amanhã... Logo pela manhã.

- Você vai tirar fotos do quê? – perguntou-lhe o pai.

- Fotos da Érica. Ela foi selecionada para participar da campanha publicitária de um cliente da produtora... Uma empresa de cosméticos.

- Eu estou satisfeita... Se vocês não se importam, eu gostaria de descansar. Eu fiquei um pouco nervosa e enjoada com as turbulências – desculpou-se Érica, levantando-se da mesa.

- Claro! – concordou Margarida. – Mas você já está melhor?

- Está passando... A comida estava uma delícia.

- Obrigada! – agradeceu-lhe Margarida.

- Eu também vou dar uma descansada – aproveitou Paulo a oportunidade e se levantou da mesa também.

Os dois deixaram a mesa e subiram juntos para os quartos. Margarida e Sílvio continuaram sentados, terminando a refeição.

- Você percebeu algo mais do que trabalho entre eles? – perguntou Margarida ao marido.

- Jovens são assim mesmo... Estão sempre meio perdidos quando o assunto é amor.

- Mas Paulo não é tão jovem assim. Ele está com quase quarenta anos. Ela ainda é uma menina. Eu não sei não... Gostaria tanto de vê-lo com uma família formada. Aliás, só falta ele e o Jorge – murmurou Margarida.

- Com o tempo tudo se ajeita, mulher. Não é preciso ter pressa... As coisas se ajustam sozinhas.

O casal acordou bem cedo e saiu para fazer a caminhada matinal. Paulo começou a procurar locais adequados para trabalhar as fotos. Pretendia capturar pela lente da sua máquina fotográfica a essência da natureza, todo o verde, a liberdade dos animais no campo, a beleza das cascatas; tudo que fluísse da sua inspiração e sem desprezar o mínimo detalhe.

Érica usou um vestido branco bem leve e um chapéu com algumas flores campestres sobrepostas. Paulo não perdeu um só movimento e registrou tudo. Tirou fotos dela brincando em um córrego, correndo pelo campo, entregando-se ao vento e subindo nas árvores.

Mas existia um lugar, na imensidão de toda a fazenda, que era muito especial para Paulo. Um pequeno recanto que guardava o registro de muitas histórias vividas na sua infância e adolescência.

- Venha comigo! Eu vou levar você a um lugar maravilhoso.

- Aonde?

- Eu tive uma idéia... Algo que foi se formando na minha cabeça pelo meio do caminho.

- No que você está pensando?

- Tirar algumas fotos na água.

- Nua?

- Isso!

- Paulo! Eu não estou preparada para tirar foto nua.

- Só será exibida a beleza do seu corpo se banhando no riacho com os sabonetes... Não será explorado nada mais que isso.

- Não sei se devo...

- Você tem que ser profissional... Pense nisso. Segure com garra esta oportunidade que apareceu na sua vida. E não tem nada a ver comigo... Você que apareceu no lugar certo, na hora certa. Acontece com poucos. As suas fotos foram colocadas por engano junto com as que estavam sendo selecionadas pelo cliente.

- Você está falando sério? Mas eu pensei...

- Que fui eu que mexi os pauzinhos?

- E não foi?

- Não! Eu fui pego de surpresa... Assim como você também foi. Mas é que para esse tipo de trabalho, nós selecionamos as modelos mais experientes. A empresa de cosméticos tem muito prestígio no mercado. Nós não podemos vacilar.

- Puxa! Eu tive muita sorte mesmo.

- Bota sorte nisso... Ah! Ah! Ah!

- Ah! Ah! Ah! Está bem... Eu confio em você.

- Você se protege com as mãos na água. Eu também vou proteger você. Não são fotos pornográficas e nem sensuais... É bem família. Qualquer foto diferente disso eu não vou apagar, vou guardá-las para mim.

- Seu safado! Pare com isso! Eu aqui toda nervosa e você vem fazendo piadas?

- Ah! Ah! Ah!

- Olhe para o outro lado. Eu vou tirar a roupa.

- Tome cuidado ao entrar no córrego... Tem pedras escorregadias.

Érica se despiu e entrou na água. Sentiu-se no paraíso, livre, nua de corpo e alma. Paulo se virou e ficou fascinado diante da sua beleza. E fotografaram por toda a manhã.

Quando terminaram a sessão de fotos, ele insistiu para que ela saísse da água, mas Érica não atendeu aos seus apelos. Paulo, então, tirou as roupas e foi para a água ficar junto dela.

- Se Maomé não vai à montanha, a montanha vai a Maomé...

- O que você está fazendo? Você prometeu!

- Eu vou tomar banho junto com você. Está muito quente. Você achou que eu ia deixar o meu cantinho predileto só pra você?

- Seu louco!

- Louco por você!

Paulo ficou submerso por alguns instantes. E de repente, ele saltou de dentro da água, envolveu-a em seus braços e começou a deslizar, suavemente, os seus lábios molhados pelo pescoço até o queixo de Érica. E os dois se entregaram a um longo beijo apaixonado.

Paulo ficou completamente excitado e foi se encaixando às saliências do corpo de Érica. E ela não conseguiu mais resistir à sedução do homem, que em poucos dias, havia conquistado o seu coração. Entregou-se totalmente ao desejo de ser possuída por ele.

Os dois não conseguiram mais disfarçar e nem suprimir os seus sentimentos. Enquanto eles almoçavam, ficaram trocando olhares e sorrisos durante toda a refeição. Margarida ficou observando cada movimentação deles e, de vez em quando, olhava de rabo de olho para o marido, demonstrando preocupação com o envolvimento amoroso do filho.

- E as fotos? Vocês tiraram muitas fotos?

- Tiramos sim, mãe... Eu acho que já temos o material suficiente para a campanha.

- Já vão embora?

- Vamos ficar mais um dia. Eu ainda pretendo mostrar outros cantos da fazenda para Érica.

- Isso mesmo, meu filho... Não deixe a moça ir embora sem conhecer toda a beleza da nossa fazenda – incentivou-o o pai.

- Pode deixar pai.

Após o almoço, Margarida e Sílvio foram fazer a sesta. Paulo e Érica saíram para dar mais um passeio pela fazenda. Ele a pegou pela mão e não largou mais. Mostrou-lhe o gado, os cavalos e outras criações da fazenda. Paulo nunca havia se sentido tão bem ao lado de alguém como estava se sentindo ao lado dela. Sentia-se um adolescente passeando de mãos dadas com o seu primeiro amor.

- Você se deu conta do que nos aconteceu hoje cedo? – perguntou Paulo, olhando dentro dos olhos dela.

- Claro que sim! Nós somos adultos e sabemos o que estamos fazendo. Você gostou?

- Gostei muito... Foi o momento mais feliz da minha vida. Cada dia que passo ao seu lado, eu fico mais apaixonado por você.

- Você é bem espontâneo... Eu gosto muito disso em você.

- Acho que é um dos meus defeitos...

- Defeitos? Não seria qualidade?

- Um pouco dos dois... Você acredita em amor à primeira vista?

- Mais ou menos... Você é um romântico. Um cavalheiro!

- Assim você acaba comigo.

- Ah!Ah!Ah! Por quê?

- Nada... Eu serei sempre sincero com você.

- Não faça promessas! Eu já me magoei muito... Não quero sofrer novamente.

- Garanto a você que isso não acontecerá... Eu prometo!

- Sem promessas...

- Está bem... Eu prometo! Ah! Ah! Ah!

- Ah! Ah! Ah! Este lugar transmite muita paz... Naquele dia que vocês comemoram o aniversário do seu pai, eu senti uma alegria, muito amor envolvendo todos vocês. Eu não sabia o motivo para tanta felicidade, mas me emocionou. Mexeu comigo!

- Você não entendeu, mas para nós foi um momento de muita felicidade mesmo. O meu pai se reconciliou com o meu irmão. Eles sempre tiveram problemas no relacionamento.

- Que bom! Eu percebi no início da festa um clima meio pra baixo, esquisito.

- O Jorge sempre foi problemático. Isso aconteceu há muitos anos. Ele fez muitas besteiras. O meu pai não o perdoou. E ficou esse ranço entre os dois.

- Entendo... E sei que não é da minha conta, mas foi algo tão grave assim?

- Muito... Ele se envolveu com maus elementos e acabou se viciando em drogas pesadas. No início, a família não percebeu, mas a situação foi se agravando. Ele começou a roubar para sustentar o vício e pagar o que devia aos traficantes. Ele até traficou drogas.

- Que barra!

- Papai sempre foi muito rígido com todos nós. Mas Jorge o desafiava o tempo todo, era muito rebelde. E com o passar dos anos, ele foi ficando estranho e muito agressivo. Os dois chegaram até a se agredirem fisicamente. Por isso que ficamos em alerta, preocupados no início da festa. Eles haviam sumido.

- Ainda bem que eles se entenderam.

- E o pior aconteceu... Ele foi preso.

- Mentira?

- Como o meu pai conhecia muitas pessoas influentes, conseguiu a liberação dele. Rolou grana para abafar o caso. Papai quase morreu de tanta vergonha. Ficou depressivo. Não se alimentava e só queria ficar na cama. Nem as orações da minha mãe foram suficientes para impedi-lo de expulsar o Jorge de casa.

- Ela deve ter ficado arrasada.

- E muito... Ela ficou sem falar com o meu pai por um tempão. Mas ele nunca deixou faltar nada para o Jorge. A minha mãe sempre mandava dinheiro para ele todo mês. Depois, o cara desapareceu do mapa e ficamos por muitos anos sem ter notícias dele.

- Isso acontece com as melhores famílias...

- Depois de alguns anos, um amigo da família nos escreveu contando que encontrou o Jorge em um estado lastimável. Disse que ele estava vivendo nas ruas de São Paulo, totalmente dominado pelo vício em crack.

- O crack é terrível... Detona os neurônios em pouco tempo.

- A minha mãe pediu ao meu pai para ir buscá-lo, mas ele se recusou trazê-lo de volta para a fazenda. Resolveu interná-lo em uma clínica para dependentes químicos em São Paulo. Ele ficou quase um ano internado... E fez progresso com o tratamento. O meu pai, então, começou a mandar uma mesada para ele. Seu Sílvio é duro em suas decisões, mas tem o coração de ouro.

- Foi a primeira vez que eles se encontraram depois de tudo que aconteceu?

- Não. A minha mãe tentou outras vezes... Mas eles sempre acabavam brigando. Os dois são muito geniosos. Acho que naquele dia aconteceu algum milagre e eles conseguiram se perdoar. Foi muito bom!

- Eu consigo entender um pouco o Jorge – disse-lhe Érica com os olhos cheios de água.

- Você está chorando? – comoveu-se Paulo, envolvendo-a em seus braços.

- Às vezes, Paulo, as pessoas se perdem de si própria.

- Eu sei. Mas...

- Eu também já sofri muito com o rompimento familiar por causa das drogas...

- Algum irmão seu? – perguntou-lhe Paulo, afastando-se e olhando dentro dos seus olhos.

- Não... Eu.

- Você?

- Eu... Você ficou escandalizado?

- Não é isso... Eu fiquei surpreso. O que aconteceu? Você quer falar sobre isso? Eu estou aqui do seu lado. Não chore!

- Eu não consigo parar de chorar... Parece que o céu se abriu e o universo se desmoronou sobre a minha cabeça. Eu não aguento mais guardar tanta angústia dentro do meu coração.

- Não! Por favor! Não chore mais... Eu estou aqui com você. Pode contar comigo!

Érica não conseguiu mais se conter e desabou em pranto. Paulo a aconchegou em seu peito, dando-lhe a segurança que ela precisava para se livrar de toda a amargura presa em seu coração.

- Você pode confiar em mim... Abra o seu coração. – insistiu Paulo, tentando acalmá-la.

- Eu não sei se você vai entender... Talvez não queira me ver nunca mais.

- Eu estou ficando preocupado... O que houve? O que fizeram com você?

- A minha história é quase parecida com a do Jorge.

Paulo ficou em silêncio. Esforçou-se para que Érica não percebesse o tamanho da sua preocupação. Sentiu medo, muito medo. Ele teve a sensação de que a terra estava se abrindo, engolindo todos os seus planos e devorando o seu sonho. Mas permaneceu de pé ao seu lado, em silêncio, ouvindo o que ela tinha para falar.

- Quando eu estava no ensino médio eu conheci um rapaz. Nós começamos a namorar e acabei entrando para uma turminha meio pesada. Fiquei totalmente fascinada pelo o que eles faziam e falavam, pelos lugares que frequentavam. Abandonei o colégio... Depois eles começaram a me oferecer drogas. Eu era muito rebelde... Tinha atritos em casa com os meus pais. Não queria saber de nada... Não queria saber de ninguém. A minha vida foi se deteriorando cada vez mais e eu não percebi que estava indo para fundo do poço.

- Deve ter sido terrível para você - sensibilizou-se Paulo, acariciando os seus cabelos.

- E foi. O pior aconteceu... Eu engravidei - confessou Érica, olhando bem dentro dos olhos de Paulo, que ficou totalmente paralisado. - Eu entrei em pânico. O rapaz que eu estava namorando depois que soube que eu estava grávida, não quis mais saber de mim. Eu fiquei sozinha. Fiquei desesperada.

- Canalha!

- Hoje eu entendo um pouco ele... Nós éramos muito novos, imaturos.

- Mesmo assim...

- Eu procurei uma vizinha que era bem próxima da minha família e contei o que eu estava passando. Ela me convenceu a abrir o jogo para os meus pais. Eles quase enfartaram... Não aceitaram. Levaram-me a uma clínica para fazer um aborto.

- Aborto?

- Horrível! Mas eu concordei... Não podia ter aquele filho. Como eu cuidaria de uma criança sozinha. O pai desapareceu. Falaram até que ele tinha se mudado para outro estado junto com a família.

- Puxa! Que história!

- Eu fiquei com muito medo de ter um filho doente. Eu usava muita droga. Como seria essa criança, Paulo?

- Você fez o aborto?

- Fiz. Você deve estar pensando horrores sobre mim, Paulo... Mas eu fiz – confessou Érica em soluços.

- Calma! Eu não estou fazendo julgamento algum... Eu não sou o seu juiz e nem o seu carrasco. Não posso... Não devo.

- Eu tive algumas complicações antes e depois do procedimento. Era uma clínica clandestina... Você sabe que é crime!

- Sei... Em alguns países o aborto é legal. Mas no Brasil continua sendo crime. Só é permitido em alguns casos pela justiça.

- A clínica era bem insalubre. Não tínhamos dinheiro para ir a uma clínica melhor. Tive hemorragias por alguns dias. Peguei uma infecção e quase morri. Tudo escondido para os vizinhos não saberem. Os meus pais ficaram morrendo de vergonha. Eu não conseguia olhar nos olhos deles. Meses depois, assim que eu me recuperei, o meu pai me expulsou de casa e eu fui morar com os meus avós materno, no interior de São Paulo. Voltei a morar com a minha mãe há pouco tempo, depois que ele faleceu. Mas não conseguimos nem conversar direito. Nós brigamos o tempo todo.

- E o seu irmão?

- Se não fosse o apoio dele, eu não teria suportado. Eu pensei até em suicídio.

- Eu sinto muito por tudo isso que você passou.

71

- Eu não sou a mulher que você imagina.

- Não diga isso! Não fique se torturando... Você conheceu toda a história sobre o meu irmão e o meu pai. No final, acabou tudo bem. Eles se acertaram.

- Eu não sei... Mas eu precisava contar para você. Falamos o tempo todo em transparência, não foi? Acho que, pelo menos, não merecemos nos enganar. Foi por esse motivo que eu me abri com você. Você iluminou a minha vida. A partir de hoje a minha vida ganhou um novo sentido. Devo isso a você.

- Não! Você deve a você mesma. É importante que a gente dê o pontapé inicial... Assim as coisas vão fluindo naturalmente. E você fez isso espontaneamente.

- Obrigada por me entender.

- Tudo ficará bem. Vamos! Enxugue estas lágrimas! Já está ficando tarde... Eles devem estar preocupados com a gente.

- Vamos sim... Mas eu estou com um pouco de vergonha.

- Não fique! – confortou-a Paulo.

- Mas eu também estou me sentindo muito aliviada. Eu nunca me abri assim com ninguém.

Horas depois, durante o jantar, Margarida e Sílvio se entreolharam com certa estranheza. Perceberam que

Paulo e Érica estavam mais retraídos. Ela ficou inquieta e tentou puxar uma conversa com a expectativa de quebrar o silêncio à mesa.

- Filho, eu já estou ficando com saudades!

- Eu também, mãe.

- Fique mais um pouco...

- Eu não posso... Tenho que levar o material para concluir os trabalhos da campanha. Acho até que eu vou para o quarto, preciso arrumar as coisas e descansar um pouco. Vamos sair bem cedo.

- Se vocês me dão licença, eu também vou descansar - antecipou-se Érica, levantando-se da mesa. - Boa noite!

- Boa noite, filha! – respondeu Margarida, olhando meio sem graça para o filho.

- Boa noite para vocês... – despediu-se Paulo dos pais e em seguida beijou a mãe na testa.

- Boa noite, filho.

- Boa noite, filho – respondeu Sílvio com o olhar de censura para a mulher.

- Ih! Será que eles brigaram? - Perguntou Margarida ao marido depois que os dois se retiraram da mesa.

- Deixe isso para lá, mulher. Vamos tomar o nosso café e fazer o mesmo que eles... Descansar!

Paulo ficou meio desorientado com as revelações feitas por Érica e não conseguiu dormir direito. Ele se levantava a todo o momento e ia até a janela para fumar um cigarro. Esvaziou a carteira. Mas no seu íntimo, Paulo sentiu que aquela mulher precisava dele tanto quanto ele precisava dela. E ficou assustado.

Capítulo 5

Logo que chegou ao apartamento, Paulo tomou uma ducha bem refrescante. Aprontou-se, pegou todo o material e foi para a produtora. Chegou todo entusiasmado e se reuniu com a equipe para fazer um balanço sobre a evolução da campanha.

- Eu quero prioridade na campanha dos cosméticos. Perfeição! Não há espaço para equívocos ou eu acho... Se acontecer algo de errado, a minha cabeça e as de vocês irão rolar. Entenderam? Vamos lá! Vamos lá! É terrorismo!

- Você está empolgado mesmo... Pelo visto deu tudo certo lá na fazenda – disse-lhe Rita com o tom de ironia, depois que os funcionários saíram.

- Empolgadíssimo... Foi melhor do que eu esperava. Você não confia na inteligência do seu chefe? Eu sou um gênio. Algum problema na produtora?

- Tudo na perfeita desordem...

- Ah! Ah! Ah! Vá! Dá uma pressão no pessoal. Senão, eles empacam...

- Já estou indo... – respondeu ela, observando-o pegar o celular e fazer uma ligação.

O celular tocou, tocou, tocou e nada... Ele ficou ansioso. Levantou-se, pegou um café e ligou novamente.

- Alô!

- Não resisti de tanta saudade – respondeu Paulo com a voz melosa.

- Quem está falando? - perguntou a mãe de Érica.

- Desculpa! Esse número não é o da Érica?

- É sim... Mas ela não está em casa. Saiu.

- Saiu?

- Quer deixar algum recado?

- Não. Eu ligo mais tarde. Obrigado.

- De nada.

- Saiu? – questionou-se ele após encerrar a ligação.

Uma pequena frustração tomou conta de toda a sala. Paulo ficou intrigado e preocupado com a possibilidade de ter causado algum constrangimento para Érica. Viajou no tempo e se deliciou com os momentos vividos em seu final de semana na fazenda.

- Merda! Será que vai dar algum problema para ela? – reclamou ele consigo mesmo.

Paulo ficou irritado. Levantou-se abruptamente da cadeira e foi conferir a execução dos trabalhos para o fechamento da campanha publicitária da empresa de cosméticos. Ele olhou tudo em silêncio. E depois saiu para dar uma volta e arejar a cabeça.

O seu celular tocou. Rita tentou alcançá-lo, mas não conseguiu. Ela foi até a sala dele e olhou no visor. Viu que a chamada era de Érica e atendeu.

- Alô!

- Acho que liguei para o numero errado. O celular é...

- Paulo não está... É Rita que está falando. Ele deu uma saidinha... Esqueceu o celular na mesa.

- Tudo bem. Eu ligo depois. Obrigada.

- Tchau!

Quando Paulo retornou para a produtora, a primeira coisa que fez foi pegar o celular e ligar novamente para Érica. Mas hesitou. Jogou o aparelho em cima da mesa e chamou Rita.

- Como estão as coisas? Está evoluindo bem? – perguntou ele com o celular novamente na mão.

- Normal... – respondeu ela com indiferença.

- Não está um pouco lento?

- Não... Temos que ter paciência. O pessoal está se dedicando ao máximo. Assim que estiver...

- Sr. Paulo! Os slides já estão prontos para a apresentação... - avisou-lhe um dos funcionários enquanto entrava à sala todo apressado.

- Até que enfim... Não dá para entender o porquê da demora para concluir uma coisa tão rotineira - reclamou Paulo.

- Ih! Vamos ficar calmos... Olha o coração.

- O meu coração está ótimo.

- Você não vem? - perguntou-lhe Rita enquanto saía da sala com o funcionário para assistir a apresentação dos slides.

- Eu já estou indo... Só preciso de alguns minutos.

Rita saiu da sala meio ressabiada. E quando ela fechou a porta, Paulo, imediatamente, pegou o celular e ligou para Érica.

- Oi!

- Eu já estava ficando deprimido...

- Ah! Ah! Ah!

- Por que você não passou aqui? As fotos ficaram lindas! Você é linda!

- Uau! Ah! Ah! Ah! Eu não quis atrapalhar você.

- Você está fugindo de mim?

- Claro que não! Só estou dando um tempo para a gente digerir tudo o que aconteceu. As coisas que eu contei sobre a minha vida... Eu ainda estou um pouco envergonhada.

- Eu estou morrendo de saudades.

- Eu também estou com saudades, mas tenho muitas coisas para fazer.

- Mais importante do que eu?

- Claro que não! Mas, hoje não.

- Almoçamos juntos amanhã?

- Amanhã? Hum!

- Também não? Está me dispensando?

- Jamais! Amanhã eu passo aí... Um beijo!

- Outro!

- Está no mundo da lua? – perguntou-lhe Rita, que estava parada próximo à porta e olhando para ele com a cara de irritada. – Estamos esperando por você há um tempão.

- Eu me distraí... Vamos!

- Está ficando ótimo! Melhor do que eu imaginava. Estou até surpresa... Um dos melhores trabalhos que a gente já produziu.

- Não faça ironia não, Rita! Eu estou nervoso e você fica de sacanagem com a minha cara.

79

- Ah! Ah! Ah! Eu estou falando sério... Está ficando bom mesmo.

- E como você sabe?

- Ora, eu estou aqui fazendo o quê? Eu supervisionei tudo... Como não poderia saber. Ih! O que está acontecendo com você? Será que tem alguma modelo mexendo com a sua cabeça?

- Não vamos perder tempo com besteiras... Vamos assistir a apresentação.

Paulo assistiu os slides e aprovou o esboço da campanha publicitária para a empresa de cosméticos. Parabenizou toda a equipe pelo empenho e dedicação na execução dos trabalhos. Levantou-se rápido e foi para a sua sala. Rita percebeu que ele estava estranho e seguiu atrás para verificar o que estava acontecendo.

- O que foi? Não ficou como você queria?

- Ficou tudo perfeito! É que de repente eu senti um mal estar.

- Você está suando... Eu vou pegar um pouco de água para você.

- Não precisa... Já está passando.

- Você está bem mesmo?

- Estou. Acho que foi todo esse estresse. Você se importa se eu for para casa?

- De jeito algum! Vá! Você deve estar cansado. Trabalhou no final de semana, chegou de viagem e não descansou.

Algumas horas se passaram, mas o mal estar que Paulo sentia, não. A sensação de ausência, de perda, foi crescendo dentro dele e o seu corpo por inteiro ficou trêmulo, causando-lhe um medo estranho. Ele correu para o banheiro e se enfiou debaixo do chuveiro.

Após o banho, sentiu-se mais relaxado e retornou para a sala. Preparou uma bebida e ligou a televisão. Não teve tempo de se acomodar no sofá. O telefone tocou. Ele olhou para a tela do celular e o seu coração disparou.

- Mãe! O que houve?

- Paulo! Eu estou precisando muito de você aqui comigo, meu filho.

- O que aconteceu?

- O seu pai... Ele se sentiu mal e nós corremos com ele para o hospital. Ele ficou internado. O médico disse que foi infarto.

- Meu Deus! Ele se aborreceu? Fez alguma extravagância?

- Não, filho. Ele estava até muito feliz... Nós estávamos conversando e daí ele começou a sentir uma dor muito forte no peito.

- E como ele está?

- O médico disse que ele está bem. Mas terá que ficar alguns dias no hospital em observação. Eu gostaria muito que você estivesse aqui comigo. Eu preciso de você aqui, Paulo – insistiu Margarida, com a voz embargada.

- Fique calma. Tome um chazinho... Procure relaxar. Amanhã, pela manhã, eu chego por aí. Mas fique calma. Vá descansar. Ele vai ficar bom.

- Obrigada, meu filho! Eu vou fazer o que você falou... Mas eu fiquei muito abalada com tudo isso.

- Procure ficar tranquila... Antônia está aí com a senhora?

- Está...

- Eu fico mais tranquilo... Um beijo!

- Um beijo para você também, filho.

Paulo encerrou a ligação e ficou pensativo. Todo o mal estar que sentiu, começou a fazer sentido para ele. Terminou a bebida que havia preparado e se serviu de outra dose. Virou de uma vez só. Largou o copo em cima do móvel, foi para o quarto e se jogou na cama.

No dia seguinte, bem cedo, ele pegou o avião para Minas Gerais. Desembarcou todo aflito no aeroporto e pegou um táxi. Chegando à fazenda, ele encontrou a sua mãe muito nervosa.

- Meu filho!

- Mãe! Está tudo bem?

- Por que isso foi acontecer logo agora? Tudo estava indo tão bem.

- Ele vai se recuperar logo... Ele é forte como um touro!

- Que Deus o ouça, meu filho! Você prefere descansar um pouco?

- Não. Vamos logo para o hospital. Já avisou aos outros?

- Ainda não... Eu estava esperando você chegar. O que você resolver, ficará resolvido. Eu estou sem cabeça para pensar em nada.

- Então vamos! No caminho a gente resolve o que fazer.

- Acho bem melhor assim.

Os dois entraram na picape e Esteves os levou até o hospital. Eles ficaram em silêncio durante todo o percurso. Assim que chegaram, o médico os recebeu para passar algumas informações sobre o estado clínico de Silvio.

- Como ele está doutor Frederico? - perguntou Margarida.

- Bem melhor... O pior já passou. Eu gostaria que ele permanecesse no hospital por mais alguns dias.

- Mas se não é tão grave, para que ficar mais tempo? - questionou Margarida.

- É só por precaução.

- Está bem doutor... - concordou Paulo, olhando para a mãe.

O médico acompanhou os dois até o quarto, deixou-os junto de Silvio e voltou para as suas atividades clínicas.

- Sílvio! Você está melhor? - perguntou Margarida, aproximando-se da cama e o beijando na testa.

- Eu estou ótimo! Estou pronto para outra!

- Não fale assim...

- E aí pai?

- Oi, filho!

- O senhor, agora, terá que se cuidar mais. Já não é mais um garotão de vinte e poucos anos. Parece até uma criança teimosa!

- Isso mesmo! Coração não é coisa que se brinque... - reforçou Margarida.

- Vocês vieram me buscar? – perguntou Silvio todo eufórico.

- Não! O médico quer que você fique por mais alguns dias em observação – respondeu Margarida, jogando um balde de água fria sobre as suas expectativas de voltar logo para a casa.

- Mas eu estou bem, mulher...

- O médico é quem sabe, meu velho.

- Não! Eu que sei... Vocês não estão vendo?

- Pai, só com a alta do médico.

- Que merda!

- Que isso Sílvio! – repreendeu-o Margarida.

-Ah! Ah! Ah! – e Paulo caiu na gargalhada.

- A sua mãe não deveria ter incomodado você, filho.

- Você é o pai dele... E ele tem a Rita para tomar conta da empresa em sua ausência. Não é filho?

- Claro! A senhora está coberta de razão. Eu não ficaria tranquilo... Preciso ver tudo de perto.

- Descanse um pouco, Silvio. Paulo também precisa descansar. Ele tomou um susto!

- Eu quase enfartei!

- Não diga isso, filho. Vamos? Mais tarde a gente volta.

- Não me deixem aqui sozinho por muito tempo. Eu detesto hospital. Não gosto não... Eu me levanto desta cama, pego um táxi e vou para casa – irritou-se Sílvio com a mulher.

Horas mais tarde, no final da tarde, quando Margarida e Paulo retornaram ao hospital, receberam a boa notícia que Sílvio estava de alta médica. Os seus exames não apontaram gravidade alguma no seu estado clínico.

Mas ele foi advertido pelo médico para seguir a risco as suas orientações. Tomar a medicação regularmente, seguir uma dieta balanceada e repousar durante alguns dias. Nada de extravagâncias e atividades físicas. Silvio ficou radiante. Aprontou-se imediatamente e seguiu com a mulher e o filho para a fazenda.

- Pare de ficar me segurando como se eu fosse um inválido – reclamou Sílvio, empurrando Paulo para o lado.

- Não é isso, Sílvio. Você tem que ter cuidado. Não pode fazer muito esforço. Deixe de ser teimoso – irritou-se Margarida. - Você quer voltar para o hospital? Quer?

- Vocês estão falando comigo como se fala com uma criança. Eu sei me cuidar. Eu não quero ficar o tempo todo deitado em cima de uma cama. Eu estou vivo.

- Paulo! Fale alguma coisa! Que velho turrão! – descontrolou-se Margarida, alterando o tom da voz com o marido.

- Calma gente! Vocês não vão ficar discutindo agora, vão? Pai! Faça um esforço e fique deitado na sua cama, descansando... Siga as orientações do médico direitinho. E logo, logo, o senhor voltará as suas atividades normais. O senhor é forte... Mas tem que tomar os remédios na hora certa e sem reclamar.

- Está bem, papai... – zombou Sílvio do filho.

- Ah! Ah! Ah! E ainda tira sarro com a minha cara.

- Filho, eu não quero preocupar você. Obrigado por ter vindo. Nós amamos muito você. E queremos que você seja muito feliz. Entendeu?

- Ah! Ah! Ah! Entendi!

- Eu também estou querendo entender e achar graça... Vocês estão falando sobre o quê? – perguntou Margarida, cheia de curiosidade.

- Um segredo nosso, mulher.

Após o susto, os ânimos na casa foram ficando mais serenos. Paulo se acomodou em um canto bem reservado da varanda para relaxar. Sentiu a necessidade de ficar um pouco sozinho, invisível. Mas não conseguiu segurar por muito tempo toda a pressão que sofreu durante o dia. Entrou em conflito consigo mesmo e começou a chorar.

No dia seguinte, na produtora.

- O que houve Paulo? Eu liguei várias vezes para você, mas só caiu na caixa postal. Aconteceu alguma coisa com os seus pais? – perguntou-lhe Rita.

- O meu pai enfartou.

- O quê?

- Eu fiquei desesperado... Mas está tudo bem. Ele já está em casa.

- Ufa! Fiquei até trêmula... Ele estava tão bem na festa de aniversário.

- A minha mãe disse que eles estavam conversando tranquilamente... E de repente, ele começou a sentir as dores no peito.

- O que falou o médico?

- Que o quadro clínico dele é bom... Mas terá que fazer mais exames.

- Que situação!

- Está tudo pronto para a apresentação da campanha dos cosméticos?

- Praticamente concluída. Roberto ficou enchendo o saco... Ligou para cá o dia inteiro.

- Vamos lá dar uma olhada. Eu estou muito empolgado com esta campanha... Érica nos salvou.

- Salvou?

- É... Se as fotos dela não estivessem no meio das outras, onde encontraríamos uma modelo com o perfil que eles estavam querendo? Algo surreal!

- Eles poderiam ter escolhido outra modelo. Essas coisas são assim mesmo... A gente trabalha há anos no meio e sempre é surpreendido.

- Isso é verdade. Vamos!

- Vamos!

Roberto ligou novamente para a produtora. Ele estava muito nervoso com as cobranças da diretoria e pediu a Paulo que fosse imediatamente para a empresa e apresentasse o esboço do que já tinha executado para a campanha dos cosméticos.

Paulo reuniu alguns funcionários e seguiu para a empresa de cosméticos. No final da apresentação, ele olhou para o gerente de marketing, que estava reunido com outros membros da diretoria, e sentiu um frio no estômago. Todos permaneceram sérios, olhando para ele sem pronunciar uma palavra.

Roberto cochichou com o colega ao lado. Levantou-se, empurrou a cadeira para trás e se deslocou até

Paulo. Ficou parado diante dele, por alguns segundos, bem sério. E de repente, começou aplaudir.

- Perfeito! – elogiou Roberto, seguido pelos outros membros presentes à sala. – Você absorveu com grandeza a nossa idéia. Ficou surpreendente. Excelente trabalho! A campanha será um sucesso!

- Obrigado! – agradeceu Paulo sob os aplausos de todos.

- E que bela modelo você nos arrumou! Nós entraremos em contato para os acertos finais.

- Eu vou ficar aguardando.

A equipe recolheu o material e todos retornaram para a produtora. Estavam radiantes com o sucesso da campanha. Paulo foi para a sua sala e ligou para Érica.

- Paulo!

- Oi, amor!

- O que aconteceu?

- Eu vou explicar...

- Eu liguei várias vezes para o seu celular e só caiu na caixa postal. Na empresa ninguém sabia de você.

- Vamos almoçar? Eu vou passar aí para pegar você.

- Eu não deveria...

- Por favor! Eu estou precisando ver você, falar com você. Tenho novidades sobre a campanha.

- Eu fiquei muito preocupada. Você terá que me dar uma boa explicação.

- Chego aí em alguns minutos.

- Não vou me arrumar às pressas não... Você ficará esperando. Eu ligo quando estiver pronta.

- Está bem... Tchau!

- Tchau!

Paulo estacionou o carro bem próximo à casa de Érica e ficou aguardando. E nada dela ligar. Ele saiu do carro, acendeu um cigarro e ficou monitorando o relógio. O telefone tocou.

- Puxa! Eu estou aqui há um tempão.

- Já estou saindo...

Quando Érica apareceu, os olhos de Paulo brilharam de alegria. Ele ficou meio bobo e sem saber o que falar.

- O que foi? – perguntou ela meio encabulada. - Você não gostou? Alguma coisa errada com a minha roupa?

- Você está deslumbrante.

- Eu pensei que não tinha agradado.

- Agradou... E muito!

Paulo tentou beijá-la, mas ela se esquivou e entrou no carro com a cara emburrada. Ele ficou irritado.

Entrou em seguida e bateu com a porta, deixando-a tensa. Os dois ficaram se olhando por alguns segundos, mas Érica permaneceu em silêncio, ignorando o seu comportamento agressivo. Paulo ficou mais irritado e saiu em arrancada com o carro.

Quando eles chegaram ao restaurante, o garçom os conduziu até uma mesa. Sentaram-se e escolheram o prato. Paulo olhou para Érica com ternura e em seguida pegou em sua mão. Ela continuou em silêncio, esperando uma explicação pelo o seu sumiço no dia anterior.

- Não fique brava comigo. Eu fui para a fazenda. O meu pai sofreu um infarto. Eu fiquei desesperado.

- O quê? Por que você não falou comigo? Eu teria ido com você.

- Foi muito rápido. Eu cheguei ao apartamento e a minha mãe me ligou muito aflita. Eu fui para Minas o mais rápido que pude.

- Que barra! É uma situação muito delicada... Mas eu fiquei muito chateada.

- E com razão... Desculpe-me! Eu não tive cabeça para pensar direito.

- E como ele está?

- Bem.

- E você?

- Aliviado, mas bastante preocupado. Ele já está em casa.

- Ele vai se recuperar rápido.

- Foi muito estranho... No mesmo dia que ele passou mal, eu fiquei meio deprimido, com uma sensação de perda. Depois veio a notícia. Eu não quis saber de nada, peguei o avião e fui para lá. Fiquei com medo de perdê-lo.

- Você agiu certo. Mas temos que compartilhar as coisas... Confiar um no outro.

- Desculpe-me! Eu vou procurar controlar as minhas emoções e ser mais atencioso daqui para frente. Ás vezes eu sou muito impulsivo.

- Eu sei...

- Eu queria tanto ficar mais tempo com você.

- Eu também.

- Vamos ficar juntinhos à noite? A gente pede uma pizza, come umas besteiras, toma umas cervejas, vinho, cachaça... O que você quiser.

- Cachaça?

- Ah! Ah! Ah! É só uma brincadeira. Podemos assistir a um filme. Eu só quero ficar mais tempo com você... Dormir abraçadinho.

- Não sei... Vou pensar.

- Eu amo você.

- Eu também amo você.

Horas depois, a primeira coisa que Paulo fez ao entrar no apartamento, foi ligar para a mãe para saber sobre o estado de saúde do pai.

- Mãe!

- Filho! Que bom que você ligou!

- Como está o papai?

- Ele está melhorando... Está dormindo. Deve ser o efeito dos remédios. Eu estou seguindo à risca todas as orientações do médico. Só fiquei um pouco atrapalhada com os horários.

- Por que a senhora não contrata uma enfermeira? Seria bem melhor.

- Eu não tinha pensado nisso. Uma pessoa mais experiente... Eu ficaria até mais tranquila. Vou falar com o seu pai.

- Já avisou aos meus irmãos?

- Já.

- E como eles reagiram?

- O Jorge ficou nervoso... Sentiu-se um pouco culpado. Mas eu acalmei o ânimo de todos. Seu pai até já falou com eles pelo celular. Fiz chamada de vídeo. Eles ficaram mais sossegados.

- Eu também fiquei muito preocupado. Nesse dia, antes de saber o que tinha acontecido com ele, eu senti um mal estar horrível.

- A família sente quando tem alguém passando por alguma situação difícil. As mães sentem... Os pais... Os filhos... É o sangue. E outras coisas mais que nós não entendemos.

- Parecia que eu estava junto dele o tempo todo, vendo o que estava acontecendo e sofrendo o sofrimento dele.

- Filho! Seu pai tinha que ouvir isso!

- Não! Ele ficará muito convencido. Ah! Ah! Ah!

- Ah! Ah! Ah! Mas já passou... E com a graça de Deus tudo ficará bem. Ele vai se recuperar rápido.

- Dê um abraço nele por mim... Depois eu ligo para falar com ele.

- E o meu beijo? Só ele que tem direito?

- Um beijão! Tchau!

- Outro! Tchau!

Assim que terminou de falar ao telefone com a mãe, Paulo correu para fazer uma revista no apartamento. Arrastou os móveis para cá, arrastou os móveis para lá, catou as roupas espalhadas pelo chão do quarto e lançou o spray com fragrância floral por todo o canto.

Ele resolveu deixar a pizza de lado. Foi até a cozinha e olhou dentro dos armários e da geladeira. Ficou decepcionado ao perceber que faltavam alguns ingredientes. Deslocou-se até o supermercado e voltou correndo para preparar o jantar para os dois. Tomou uma ducha às pressas, aprontou-se e foi buscar Érica.

- Este é o meu esconderijo! - entusiasmou-se Paulo enquanto abria a porta para Érica entrar.

- Aconchegante! Hum! Que cheiro bom!

- Eu descartei a pizza e fiz uma lasanha!

- Você sabe cozinhar? Eu adoro lasanha!

- Eu sei me virar... Fique à vontade. Quer beber alguma coisa?

- Pode ser um refrigerante.

- Não quer algo mais forte?

- Não. Prefiro algo mais fraco.

- Ah! Ah! Ah! Tem certeza?

- Absoluta!

- Eu vou pegar para você.

Paulo retornou para a sala com o refrigerante e se acomodou ao lado de Érica no sofá. Os dois se abraçaram e começaram a se beijar com tanta intensidade que ficaram ofegantes.

- Ih! – disse Paulo, afastando-se abruptamente dela, saltando do sofá e correndo para a cozinha.

- O que foi? – assustou-se Érica com o movimento brusco que ele fez.

- A lasanha...

Os dois se sentaram bem descontraídos à mesa. Paulo a serviu. Em seguida, ele abriu uma garrafa de vinho e encheu as taças. Eles degustaram a suculenta lasanha e saborearam todo o vinho sob um clima cheio de expectativas.

Após o jantar, ele ligou o som e os dois começaram a dançar bem agarradinhos. Érica se sentiu um pouco tonta e recostou a cabeça sobre o seu peito. Ele a pegou pela mão e a conduziu até o quarto.

E os dois se entregaram aos beijos e carícias. Os seus corpos foram se ajustando como duas peças que foram fundidas em uma fôrma para ter um encaixe perfeito.

Capítulo 6

Dias depois, toda a equipe da produtora comemorou o sucesso da campanha publicitária da linha de cosméticos. Ficaram super radiantes. E Paulo mais ainda. O seu relacionamento com Érica estava ficando sério. Ele se sentia cada vez mais ligado a ela. Viajava sentado em sua cadeira, sonhando e criando possibilidades.

- Paulo! Paulo! – chamou-o Rita, entrando na sala apressadamente.

- Oi! O mundo está acabando?

- Você está no mundo da lua?

- O que foi?

- As fotos das modelos para o desfile da coleção...

- Fotos?

- Das modelos...

- Claro! Esse evento vai bombar! Virá estilista da França, Inglaterra, Estados Unidos... Inclui a Érica.

- Acho arriscado... Ela não tem experiência com passarela.

- Quando acontecerá o evento?

- Acho que em uma semana.

- Então! Ela tem uma postura elegante e é muito bonita. Ela aprende rápido... Dá tempo de você trabalhar com ela até o dia do evento.

- Eu continuo achando muito arriscado... Mas se você quer colocá-la.

- Se ela não evoluir, a gente coloca outra... Deixe logo uma das meninas na reserva.

- Acho bem melhor assim... Não podemos vacilar. A concorrência está de olho, esperando uma falha nossa para tentar queimar a imagem da empresa.

- Eles vão adorar tê-la no desfile.

- Por quê?

- Ela já está aparecendo na mídia, nas revistas...

- Mesmo assim... É melhor ter cautela. Vamos almoçar?

- Pode ir... Eu não estou com fome agora.

Assim que Rita saiu da sala, Paulo ligou para Érica. Mas o celular dela estava desligado. Esperou alguns minutos e ligou novamente. E nada. Ele ficou irritado, mal humorado, saiu para almoçar e não retornou para a produtora.

Ele começou a se sentir um grande idiota por não conseguir suprimir o desejo de estar com Érica, de ouvir a sua voz. A campainha da porta tocou.

- Amor!

- Eu fiquei esperando você me ligar o dia inteiro. Por que não me ligou? – perguntou Paulo, esquivando-se dela.

- Eu estou aqui... Não conseguiria dormir sem sentir o seu abraço, o gosto da sua boca.

- Por que você não me ligou?

- Eu tive que sair o dia inteiro... Fui ver alguns cursos. A gente não falou sobre isso?

- Falamos... – respondeu-lhe Paulo com a cara emburrada.

- Ficou aborrecido por quê?

- Senti a sua falta.

- Então, vamos matar a saudade!

Paulo deixou os ciúmes de lado, envolveu-a em seus braços e a beijou. E quanto mais se abraçavam e se beijavam, o desejo de um possuir o outro explodia em suas entranhas. E sem forças para resistirem à febre que tomou os seus corpos, eles caíram sobre o tapete da sala de estar e se amaram até o apagar da última brasa.

Os meses foram se passando e a carreira de Érica como modelo deslanchou. Ela começou a ser cotada para desfiles de grifes importantes e recebeu convites para desfilar no exterior.

Apesar da mudança radical em sua vida, Érica não conseguiu uma aproximação maior com a sua mãe. Solange permaneceu distante, sem demonstrar interesse algum sobre a sua vida ou sobre a sua carreira de modelo. Continuou a tratá-la com frieza e ofensas.

- Eu não sei por que a minha mãe continua me tratando assim? É ultrajante!

- Você tem que ter paciência. Uma hora ela vai ceder... Evite discussões e brigas.

- Mas...

- O tempo cura...

- Eu gostaria de pensar como você... Mas é constrangedor. Às vezes, eu choro de raiva. Nós discutimos o tempo todo. Ela nunca esquece o que aconteceu... Sempre joga na minha cara.

- Eu sei que é chato uma pessoa ficar acusando a outra o tempo todo... Mas ela é a sua mãe.

- Eu sei...

- Você terá que provar que amadureceu e se tornou uma pessoa diferente do que era.

- Eu era uma criança... Não enxergava além do meu nariz.

- Eu entendo... O meu pai e o meu irmão não fizeram as pazes depois de anos?

- O seu pai ainda está vivo... O meu pai não.

- É...

- Ela também me culpa pela morte dele.

- Não pense mais nisso! Vamos falar de coisas boas... Sobre nós. Você conversou com o seu irmão sobre a compra do apartamento?

- Ela não quer sair da casa. O meu irmão adorou a idéia... Disse que não quer casar mesmo.

- Ah! Ah! Ah! Isso é porque ele ainda não caiu de quatro por alguém.

- Aquele? Duvido muito! Só um milagre! Eu não quero nem saber... Vou fechar a compra do apartamento. Você acha arriscado?

- Corremos riscos o tempo todo. Acho que dá para fazer... Não é algo tão luxuoso. A sua agenda está cheia e trabalho é o que não falta.

- Eu gostaria tanto que ela saísse daquela casa! Acho que faria bem para ela, melhoria o seu humor... Sei lá. Eu já não sei mais o que pensar.

- Talvez... Vamos conversar com ela. Quem sabe, aos poucos, ela aceite a idéia.

- Está difícil amolecer aquele coração duro como uma pedra.

Dias depois, Érica entrou em casa muito nervosa. Estava apreensiva e estressada com os ensaios para um desfile de uma grife importante. Trancou-se no banheiro, abriu a bolsa e pegou uma embalagem. Em seguida, ela se despiu da cintura para baixo, sentou-se no vaso sanitário e coletou a sua urina. Ficou aguardando por alguns minutos. Não acreditou. O teste rápido para gravidez deu positivo. Estava grávida.

Ela pegou a embalagem, o teste, a nota fiscal e enfiou tudo dentro da sua bolsa para não deixar vestígios. Saiu do banheiro sorrateiramente para não chamar a atenção da sua mãe. Entrou no quarto, trancou a porta, jogou-se na cama e começou a chorar.

Os fantasmas do passado começaram a assombrá-la e ela não conseguiu suprimir o seu desespero. Ficou com medo de ser abandonada novamente e de sofrer com as acusações da família. Ela entrou em pânico.

No dia seguinte, Gustavo procurou por Érica no quarto, mas não a encontrou. Olhou para a cama e viu um bilhete. Ele leu o que estava escrito e imediatamente chamou a mãe.

- Mãe! Mãe! – gritou Gustavo.

- O que aconteceu? – perguntou Solange, entrando às pressas no quarto.

- Érica foi embora... Aconteceu alguma coisa? Ela deixou este bilhete dizendo que foi para São Paulo e que talvez não volte mais... Vocês brigaram?

- Não! A gente nem se fala direito... Ela deve ter brigado com o namorado.

- Não sei... Ela não largaria o trabalho. E agora?

- E agora o quê? Deve ser mais uma de suas maluquices. Ela não tem juízo!

- Pare de falar assim! – alterou-se Gustavo. – A senhora só vive caindo de pau em cima dela. Não dá uma trégua! As pessoas mudam!

- Não grite comigo! Eu sou sua mãe! Olha o respeito!

- Desculpa! Eu estou nervoso.

- Eu não confio muito nesse tipo de trabalho que ela diz que está fazendo. Eu tenho as minhas desconfianças...

- Que isso! O trabalho dela é sério. A empresa do Paulo é séria. Paulo é um cara bem legal.

- Se ele fosse tão sério como você fala, já teria se casado com ela. Só quer se aproveitar...

- Ele é de família... Não faria nada para prejudicá-la.

- A gente conhece a Érica... Aconteceu algo sério. Será que ela fez alguma besteira e está se escondendo?

Gustavo abriu o guarda-roupa de Érica e constatou que estava completamente vazio. Pegou o celular e fez incansáveis ligações para a irmã, mas não conseguiu êxito algum, o telefone dela estava desligado.

- Não seria melhor ligar para os seus avós para saber se ela está por lá? – perguntou Solange, deixando transparecer um pouco de preocupação.

- Acho melhor não ligar agora. Não sabemos o que aconteceu. Eles podem ficar preocupados. Vamos esperar... Ela tem que dar alguma explicação!

- Explicação? Essa garota sempre foi desmiolada. Não gosta de dar satisfação sobre nada que faz.

- A senhora sempre foi muito dura com ela. Eu cresci, ela cresceu. Sou um homem, Ela é uma mulher. O que aconteceu no passado ficou para trás. Ela foi a que mais sofreu. Ela merece ter uma vida normal e ser feliz do jeito que ela quiser.

- O seu pai morreu de desgosto!

- Desgosto com ele mesmo! Ele morreu, mas nós continuamos vivos! Eu sinto a falta dele também. Mas a senhora não pode culpá-la o tempo todo por isso. Quantas adolescentes ficaram grávidas, ou estão grávidas e os pais continuam vivos. Ele era muito amargurado. Não teve nada a ver com Érica. Deixe a garota em paz! Ela agora está feliz.

- Eu sei filho... – concordou Solange, em pranto. – Se ela não der notícias, eu vou atrás dela.

- Não! Eu vou refletir melhor sobre o que devemos fazer. Vou conversar com Paulo. Eu não tenho o telefone dele... Mas vou procurar o telefone da empresa na internet. Se houve algum problema no trabalho ou se eles brigaram, eu vou descobrir.

Gustavo pesquisou na internet e conseguiu os números dos telefones da empresa. E não perdeu tempo, ligou imediatamente para falar com Paulo.

- Alô! – Rita atendeu.

- Eu gostaria de falar com Paulo. É o irmão da Érica.

- Paulo ainda não chegou...

- Eu preciso falar com ele... É urgente.

- Eu posso ajudá-lo em alguma coisa?

- Não! É só com ele... Poderia anotar o número do meu telefone e pedir para ele me ligar assim que chegar?

- Ok! Pode falar... Eu vou deixar em cima da mesa dele. Alô! Desligou... Que estranho!

Logo em seguida, Paulo entrou todo sorridente e descontraído na empresa. E quando se deparou com

Rita olhando para ele com uma cara de preocupação, ficou estático e sério.

- Não me diga que aconteceu alguma coisa grave? Você está com uma cara!

- Eu não sei... Eu que pergunto, aconteceu alguma coisa entre você e Érica?

- Érica?

- O irmão dela ligou... Ele estava muito aflito.

- Eu ainda não falei com ela hoje.

- Eu anotei o numero do celular dele e coloquei em cima da sua mesa.

Paulo pegou o celular e ligou para Érica. Mas só ouviu a mensagem da operadora "desligado ou fora de área". Tentou mais vezes... E nada. Ficou preocupado e ligou imediatamente para Gustavo.

- Oi! Paulo? – atendeu Gustavo.

- O que está acontecendo?

- Não sabemos... Vocês brigaram?

- Não! Onde ela está?

- Nós encontramos um bilhete em cima da cama dela. Ela viajou... Arrumou a mala e foi para São Paulo, para a casa dos nossos avós.

- Viajou? Ela não me disse nada.

- O que aconteceu então? Ela estava tão feliz!

- Ela tem compromissos... Contratos para cumprir.

- É só isso que importa para você?

- Claro que não! Nós estamos juntos a mais de seis meses. Eu a amo. Jogamos aberto um com o outro. Não consigo compreender por que ela agiu dessa forma. Ela brigou com a sua mãe?

- Eu já conversei com a minha mãe e ela me disse que não houve nada entre elas.

- Você pode me passar o endereço de onde ela está?

- Eu vou continuar ligando... Se eu não conseguir falar com ela, eu passo o endereço para você. Mas vamos esperar um pouco.

- Você já ligou para os seus avós?

- Não queremos preocupá-los... Pode ser que ela desista... Sei lá! Talvez nem vá para lá.

- Eu não vou conseguir ficar parado, sem fazer nada.

- Se ela desligou o celular é porque não quer falar com ninguém... O jeito é esperar mesmo.

- Eu não estou gostando nada disso... Mas eu vou respeitar a sua decisão.

- É melhor assim... Qualquer coisa eu ligo para você.

- Eu vou ficar aguardando. Tchau!

- Tchau!

Gustavo ficou impaciente, andando de um lado para o outro, tentando ligar para a irmã. Abriu a carteira e deu falta do cartão magnético do banco. Ele ficou intrigado e foi até o quarto da mãe. Encontrou-a chorosa, mergulhada em suas tristezas. Até sentiu um pouco de remorso pelas palavras duras que havia dito para ela, mas preferiu não alimentar a situação.

- A senhora viu o meu cartão do banco? - perguntou ele sério.

- Não - respondeu Solange com a cara fechada.

- Será que eu perdi? Merda! Só me faltava isso agora. Será que eu deixei dentro de alguma sacola de compra? Eu não acredito!

- Como eu posso saber?

- Meu Deus! Cadê o lixo?

- Está lá fora!

Gustavo revirou todo o lixo que estava dentro da lixeira. Fez uma bagunça total. Encontrou uma sacola com papeis rasgados, a nota fiscal do supermercado e o cartão magnético que procurava. Ficou mais aliviado. Fez uma cara de nojo e enfiou tudo de volta na lixeira. Mas antes de colocar a tampa, algo lhe chamou a atenção. Ele arregalou os olhos, pegou a embalagem e entrou apressadamente. Ficou pálido diante da mãe.

- Eu descobri o que aconteceu?

- Descobriu o quê?

- Isso!

- O que é isso?

- Olhe! – respondeu Gustavo, entregando a embalagem na mão da mãe.

- Érica está grávida?

- Tudo indica que sim... O teste deu positivo. Por isso que ela fez a mala e foi embora para São Paulo. Ficou com medo. Surtou!

Solange ficou apavorada com a possibilidade de estar vivendo a mesma situação que viveu no passado. Os seus temores e pensamentos eram os piores possíveis. Mas no seu íntimo, ela sabia que também não poderia repetir os seus erros. Érica estava precisando do seu apoio e de todo o seu amor.

Horas mais tarde, Gustavo ligou para Paulo e pediu para que ele fosse até a sua casa. Enfatizou que precisavam conversar sobre Érica. Que o assunto era muito delicado e do interesse dele. Paulo, imediatamente, largou tudo o que estava fazendo na produtora e saiu para encontrá-los, com o ânimo já preparado para embarcar em um voo disponível para São Paulo.

- Senhor Paulo! Eu sou Solange, a mãe de Érica. Prazer em conhecê-lo. Sente-se.

- Obrigado! O que está acontecendo?

- Calma! – disse Gustavo, procurando deixá-lo mais tranquilo.

- Nós descobrimos o que motivou Érica a largar tudo e ir embora para São Paulo – antecipou-se Solange.

- Eu espero que seja um motivo bem forte. Ela está sendo muito imatura. Ela me deve uma explicação como mulher e como profissional. Temos contratos a cumprir... Podemos ser processados judicialmente.

- Você a ama de verdade? – perguntou Solange.

- Muito! Mas já não acredito que ela me ame tanto assim.

- Ela está com medo, Paulo.

- Medo de quê?

- Disso! – surpreendeu-o Solange, mostrando-lhe o teste de gravidez que Gustavo achou no lixo.

- O que é isso? – questionou Paulo.

- Ela está grávida – confirmou Gustavo.

- Grávida?

- O teste deu positivo... Ela surtou.

- Eu conheço toda a história... Ela me contou tudo. Por que ela não se abriu comigo? Por que ela não confiou em mim?

- Ela ficou com medo de ser abandonada novamente... De ser maltratada. Não é mãe? - disse Gustavo, olhando sério para Solange.

- Eu tenho muito medo de que ela faça uma besteira... Ela quase morreu - lamuriou-se Solange.

- Não! Eu não admito uma coisa dessas! Eu vou atrás dela. Qual é o endereço? Eu vou para lá agora mesmo.

Horas depois, Paulo desembarcou no aeroporto de São Paulo. Tomou um táxi e seguiu para o sítio dos avós de Érica. Assim que chegou ao local, ele saiu muito nervoso do automóvel, apertou a campainha e ficou esperando alguém aparecer para atendê-lo.

- O que o senhor deseja? - perguntou-lhe um senhorzinho, olhando pela portinhola do portão.

- Eu peço desculpas pela hora... Mas eu gostaria de falar com Érica. Ela está?

- Érica!

- Isso! Érica! Fale para ela que é Paulo... Ela sabe quem é.

- E o que o senhor quer com ela? Ela está descansando... Volte amanhã mais cedo.

- Eu sou o namorado dela. Foi o Gustavo, seu neto, que me deu o endereço. Nós ficamos preocupados... Eu quero saber o que aconteceu?

- Deixe vô... Eu falo com ele – disse Érica, aproximando-se do portão.

- Érica! – gritou Paulo do lado de fora.

- Tem certeza, filha? – preocupou-se o avô.

- Tenho... Eu já vou entrar.

Enquanto o avô de Érica retornava para a casa, Ela criou coragem e abriu o portão. Paulo entrou e ficou olhando sério para ela, aguardando explicações sobre o seu comportamento.

- Como você descobriu que eu estava aqui?

- O seu irmão me deu o endereço.

- O que você quer?

- Precisamos conversar.

- Eu não estou em condições de conversar agora.

- Você sumiu sem dar explicação alguma... Decidiu, de uma hora para outra, abandonar tudo e desaparecer do mapa. E aí? Como eu fico? Como a empresa fica nessa história?

- Eu ia ligar para você.

- Ia, mas não ligou. Acho que eu mereço uma boa explicação, não?

- Claro! Você está certo.

- Eu estou com o táxi esperando lá fora. Vá! Pegue a sua mala... Vamos voltar para a casa.

- Não é você que decide se eu vou ou se eu fico.

- Por que você está me tratando dessa forma? Você não me quer mais? O que foi que eu fiz?

- Deixe-me em paz!

- Olhe bem nos meus olhos... – exaltou-se Paulo, segurando-a pelo braço com força.

- Você está me machucando! – reclamou ela, tentando se soltar da mão dele.

- Olhe nos meus olhos... Diga que não me ama mais?

- Eu só preciso ficar um pouco sozinha.

- Não é só isso... Temos contratos de trabalhos para serem cumpridos.

- Você veio só por isso?

- Também. Eu sou um empresário sério... Não sou um moleque. Você assinou os contratos. Se não cumpri-los, poderá ser processada judicialmente. Você não é mais uma criança, é uma mulher.

- E sei...

- Você sempre confiou em mim... O que está acontecendo?

- Eu estou com medo de perder você, medo de mim, medo da minha mãe... Medo de tudo.

- E por que você me perderia?

- Já fizeram isso comigo no passado.

- Quando você me contou o que aconteceu com você no passado, eu dei um chute na sua bunda?

- Você está sendo grosseiro!

- Eu estou sendo grosseiro? E o que você está fazendo? Está dando um chute na minha bunda. Você disse que não gostaria de ser magoada... E o que você está fazendo? Magoando-me!

- Eu não quis fazer isso... Eu só quis ficar um pouco sozinha. Precisava de um tempo para pensar mais sobre nós dois. Aconteceu rápido demais... Eu não tive a intenção de magoar você.

- Você está rompendo comigo, Érica?

- Acho que precisamos de um tempo.

- Tempo? Três... Seis... Nove? E quando o bebê nascer?

- Bebê? – espantou-se ela, olhado bem nos olhos dele.

- Eu já sei que você está grávida. O seu irmão achou o teste de gravidez no lixo. Por que você não confiou em mim?

- Eu tive medo... Não consegui raciocinar. Desculpa! Eu não quis magoar ninguém.

- Eu estou aqui... Eu a amo demais. Você não está vendo isto?

- Às vezes eu penso que você é uma miragem em minha vida.

- Eu sou real! E quero ficar com você. Quero sentir o meu filho crescer e se mexer no ventre da mulher que eu amo. Quero vê-lo nascer, pegá-lo no colo. Do jeito que os meus pais fizeram comigo.

- Você me perdoa? Eu fui uma tola!

- Não há o que perdoar... Vamos? A sua mãe está preocupada com você.

- Ela também já sabe? Ela deve estar furiosa comigo!

- Não! Ela está chorando... Está com medo de você fazer alguma besteira.

- Duvido muito!

- É verdade! Ela quer que você volte para a casa.

- Ela disse isso?

- Disse! Vamos para a casa! Eu amo você!

Érica começou a chorar e Paulo a envolveu em seus braços, aconchegando-a em seu peito com ternura. E os dois se entregaram a um longo beijo. Ela, então, sentindo-se absolvida pelos os seus pecados, não hesitou e correu para dentro da casa. Aprontou-se, despediu-se dos avós e saiu sorridente com a mala na mão.

- Que bom que você a trouxe de volta, Paulo! – emocionou-se Solange, correndo aos prantos para abraçar a filha.

- Mãe! Você me perdoa? Eu fiquei apavorada... Não consegui pensar direito. Fiquei com muito medo.

- Filha! Eu que tenho que pedir perdão a você... Eu fui muito cruel. Eu só queria que você tivesse uma vida melhor do que a minha. Eu errei muito... Você me perdoa? – lamentou-se Solange agarrada à Érica, beijando-a sem parar. – Fomos muito rudes uma com a outra, mas tudo será diferente daqui por diante.

Érica ficou muito emocionada e não conseguiu pronunciar mais uma palavra. Aninhou-se nos braços da mãe e começou a chorar sem parar. Jogou todas as suas mágoas para fora. Lavou a sua alma.

- Nós conversamos pelo caminho e resolvemos morar juntos – anunciou Paulo.

- Sem casar? – indignou-se Solange.

- Nós achamos melhor assim... Tem um bebê a caminho! Depois nós regularizamos a união. Os meus pais também são muito conservadores, Dona Solange... Eu entendo a sua preocupação.

- Mas Érica precisa de segurança.

- Nós nos amamos... E isso é o que importa.

- Eu nunca me senti tão segura – disse Érica.

- Eu sempre sonhei com esse momento... Ver a minha filha entrando na igreja vestida de branco.

- Mas eu estou grávida! - irritou-se Érica com os delírios da mãe.

- Depois, D. Solange... E com direito a uma festança lá na fazenda. Eu prometo para a senhora - desviou-se Paulo do sentido da conversa.

- Eu acredito! Você é um moço de boa família... A gente percebe isso quando olha para você.

- Eu só preciso de um tempo para dar uma ajustada no apartamento... Colocar algumas coisas em ordem. Acho que em um mês ficará tudo pronto.

- Um mês é muito tempo! - reclamou Érica.

- Passa rápido, amor - justificou-se Paulo.

- Se vocês acham melhor assim, eu dou a minha benção. O importante é que vocês sejam felizes.

- Obrigada mãe! Só em ouvir isso da senhora, eu já me sinto completamente feliz.

- Eu amo muito vocês dois... Você e o Gustavo são o que eu tenho de mais valioso. Perdoa-me por ter ficado tanto tempo longe de você.

- Eu também amo muito vocês! Obrigada! - emocionou-se Érica, agradando a mãe com muitos beijos.

Paulo e Érica fizeram algumas mudanças no apartamento. Compraram móveis novos e pintaram todo o ambiente interno com outra cor de tinta, para realçar mais com o momento que estavam vivendo. Ele preferiu não comunicar os pais sobre a sua união com Érica. Ficou com o receio de receber uma bronca deles por não oficializar o seu casamento no civil e no religioso.

Mas não passou em branco. Eles fizeram um jantar e convidaram Solange e Gustavo para celebrarem a nova vida do casal. Sentaram-se à mesa todos bem sorridentes. Comeram, beberam e festejaram a felicidade dos pombinhos.

Gustavo pegou o celular e tirou várias fotos. E Solange, liberta de toda a sua amargura, foi até a cozinha e retornou toda eufórica com a sobremesa, um pavê de chocolate que ela mesma fez.

Mais tarde, quando ficaram a sós, Paulo tomou Érica em seus braços e a carregou até o quarto. E enquanto ele a beijava intensamente, foi deixando o seu corpo deslizar suavemente pelo corpo dele até as pontas dos seus pés tocarem o chão.

Érica ficou excitada, enroscou-se ao corpo dele e o impregnou com o seu cheiro, convidando-o a amá-la. E os dois se entregaram de corpo e alma ao desejo de fazer amor.

119

Capítulo 7

Na bandeja: café preto, torradas, biscoitos, queijo, presunto, suco de laranja e algumas frutas. Um café da manhã digno de Rei. Assim foi o primeiro dia do casal. Érica entrou no quarto bem de mansinho, puxou as cortinas das janelas para o lado e deixou a luz do sol entrar.

- Olha só o que eu trouxe para o meu amor!

- Não precisava... Eu já ia me levantar. Estava com preguiça.

- Nada disso! Vai tomar o seu café na cama. Primeiro o meu beijo!

- Isso é um banquete! Assim você vai me acostumar mal. Vai me prender eternamente ao seu lado. Ah! Ah! Ah! – ironizou Paulo.

- Ah! Ah! Ah! Essa é a minha intenção!

- Eu estou com fome... Está uma delícia! É o café da manhã mais gostoso de toda a minha vida.

- Exagerado! Você merece muito mais que um simples café da manhã.

- Não é exagero não.

- Por quê?

- Eu me viro sozinho há tanto tempo... Acordar assim com este banquete é maravilhoso. Estou me sentindo um rei mesmo.

- Majestade! Deseja mais alguma coisa da sua serva?

- Serva não... Rainha!

- Ah! Ah! Ah!

- Você gostou mesmo das mudanças no apartamento?

- Claro! Mas não precisava.

- Ficou bem melhor. Estava precisando mesmo de uma pintura... Alguns móveis novos. Eu não ligava muito para essas coisas, quase não parava em casa.

- Você está feliz?

- E você ainda pergunta? Agora eu vou tomar um banho e zarpar para o trabalho.

- Ah! Fique mais um pouco.

- Não posso... Tenho muitas coisas para resolver na produtora. Se eu ficar muito tempo ausente, Rita me coloca para fora. Ah! Ah! Ah!

- Ah! Ah! Ah! Com certeza!

Ele se aprontou, despediu-se dela com um beijo e foi para a produtora. Érica deu um jeitinho no apartamento e ligou a televisão na sala para assistir alguma programação. O celular tocou.

- Oi, mãe!

- Filha! Como estão as coisas? Está tudo bem?

- Parece que eu estou vivendo um sonho... Não estou nem acreditando!

- Não é sonho não, filha. E não deixe escapar das suas mãos essa oportunidade que a vida lhe deu. Você merece! Segure o homem!

- Ah! Ah! Ah! A senhora é impossível!

- Eu estou falando mentiras? Ele é um homem bonito... Fica rodeado de mulheres bonitas. Você tem que ficar de olho nele, filha.

- Ele não é assim.

- Mas é homem! E uma coisa é certa de se dizer... Está escrito na testa dele, ele ama você.

- Eu também sinto isso, mãe. Ainda bem que eu posso contar com o seu apoio.

- Eu sou a sua mãe... Como não poderia apoiar você? Eu não fiz isso antes... Mas tudo o que eu puder fazer para ajudar você a conquistar uma vida melhor, eu irei fazer, filha.

- Por que a senhora não vem para cá? Paulo só chegará à noite... E eu estou aqui sozinha.

- Será que ele não ficará chateado?

- É claro que não! Paulo é um doce!

- Está bem.

- Pegue um táxi... Tchau!

- Tchau!

Horas depois Solange chegou ao apartamento.

- Mãe! Entre!

- O cheiro está vindo aqui.

- Deixe a bolsa por aí... Venha me ajudar a terminar de fazer o almoço.

- Eu não percebi antes, mas o apartamento é bem espaçoso.

- Ih! Quase queimou! Termine aqui mãe, eu fiquei enojada com o cheiro forte do tempero.

- Fique na sala um pouquinho.

- Não precisa... Eu vou chupar a metade desse limão.

- Ah! Ah! Ah! Receita da vovó?

- É...

- E como está a gravidez?

- Normal.

- Está indo ao médico?

- Já marquei a consulta.

- Você não pode deixar de falar sobre o problema anterior, filha. Eu sei que é chato, mas é necessário... Você teve uma infecção muito grave.

- Claro! Eu não quero que aconteça nada de ruim com o meu filho... Quero que ele nasça forte e saudável.

- E será, filha. Você e o seu irmão sempre foram bem saudáveis.

- Ainda bem que a senhora está aqui comigo.

- Filha, eu estou pensando em passar uma temporada no sítio.

- Por quê?

- Sei lá... Você está segura aqui com Paulo. O Gustavo já é homem feito. Não precisam mais tanto de mim. Acho que bateu uma saudade de casa... Dos meus pais.

- Nossa! Eles estão tão bem... São tão fortes!

- Por isso mesmo filha... Eu quero passar mais tempo com eles. E eu também estou um pouco cansada de toda essa agitação da cidade. Estou querendo um pouco de tranquilidade. É logo aqui do lado.

- Eu sei... E quando a senhora pretende ir?

- Logo.

- Mas... A senhora pretende ficar de vez por lá?

- Não sei...

- E o apartamento que eu comprei?

- Veja isso com o seu irmão... Se ele concordar, a gente vende a casa.

- Tem certeza?

- Tenho. Eu também enjoei de morar naquela casa. Vivi muitas coisas boas nela... Mas também vivi outras bem ruins.

- Acho que ele vai concordar.

- Com certeza... Ele me enlouqueceu com essa idéia.

- Ah! Ah! Ah! Ele merece... É um bom rapaz. Sempre foi meu amigo.

- Eu sei... Ele é amigo de todos.

- A senhora só irá depois que o bebê nascer, não é?

- Você está com quantos meses?

- Uns três meses...

- Eu não posso esperar tanto tempo, filha. Eu Já decidi.

- Puxa! Eu gostaria tanto que a senhora ficasse até o bebê nascer. Eu me sentiria mais protegida. Não tenho experiência alguma com criança.

- Mas eu não vou deixar você sozinha, filha. Quando o meu neto ou neta estiver perto de nascer, eu venho correndo para cá.

- O meu neto! Eu fico até emocionada em ouvir a senhora falando assim.

- Paulo vem almoçar?

- Hoje não! Lá é uma correria o tempo todo. Ele vai almoçar na rua.

- Está pronto! Vamos colocar à mesa? E o enjoo? Passou?

- Passou. Eu estou morrendo de fome... Estou comendo igual a um bicho.

- Você tem que se alimentar adequadamente... Mas sem abusar. Senão, você vai engordar muito. Não é saudável.

- Eu sei... Ainda tenho alguns trabalhos para terminar.

- E como ficará essa história de modelo com a gravidez?

- Paulo já deu um jeito em tudo... Já tem até trabalhos como gestante. Eu vou adorar.

- Filha, tome cuidado... Não trabalhe demais.

- Eu sei... Paulo também já falou sobre isso. Ele é muito cauteloso.

- Vamos almoçar?

Solange passou a tarde toda com Érica. Fizeram uma lista enorme com nomes para o bebê. Érica pegou algumas roupinhas que comprou e espalhou pela cama, exibindo-as para a mãe. Riram juntas... Coisas que há muito tempo não faziam.

- Se eu fosse um ladrão, heim! – surpreendeu-as Paulo, entrando no quarto sem fazer barulho.

- Amor! – disse Érica, levantando-se e correndo para dar um beijo nele.

- Como vai D. Solange?

- Bem... E você?

- Estou ótimo.

- Chegou mais cedo? – perguntou Érica.

- Eu fui visitar um cliente... Não sou mais solteiro.

- Não é mesmo! – concordou ela.

- Bom. Eu já almocei... Já fofocamos. Está na hora de ir para casa.

- Por que não fica para jantar com a gente?

- Não. Obrigada, filho! Mas eu tenho que ir. O Gustavo ficará preocupado. E pior... Reclamando por não ter achado nada pronto para ele comer.

- A gente marca para outro dia.

- Isso! Eu combino com Érica.

- Vamos, mãe. Eu vou pedir um carro.

- Tchau, Paulo!

- Tchau, Solange!

Assim que Solange entrou no carro, Érica pegou o elevador e subiu para o apartamento. Encontrou Paulo deitado no sofá, com as pernas jogadas sobre o encosto, assistindo a uma programação na televisão. Ela se sentou ao lado dele, puxou as suas pernas e começou a fazer massagens nos seus pés.

- Você tem mãos de fada! – desmanchou-se Paulo.

- E você já viu alguma fada?

- Já! Tem uma aqui na minha frente... Não pare!

- Está mais relaxado?

- Não!

- Não?

- Acho que tem algo errado com essa massagem?

- O quê?

- Tem uma parte do meu corpo que está ficando bem tensa.

- Ah! Ah! Ah!

Paulo cruzou as pernas em volta de Érica e a puxou para junto dele. E enquanto os dois se beijavam, desequilibraram-se e caíram sobre o tapete da sala de estar. Ele a amparou sobre o seu corpo, prendendo-a contra o peito. Mas Érica se libertou e segurou os braços dele, imobilizando-o como uma presa, sinalizando que era ela que estava mandando.

E ele respondeu através dos seus olhos que estava pronto para obedecê-la, revelando o desejo de ser possuído. Érica se despiu, exibiu toda a sensualidade do seu corpo e montou sobre o garanhão, que ao se entregar totalmente ao domínio da amazona, ficou completamente extasiado e gemeu de prazer.

O homem mais feliz do mundo! Era assim que Paulo se sentia. E nada passava em branco diante dos olhos do futuro papai. Ele acompanhava a mulher nas consultas do pré-natal. Deslumbrava-se de felicidade quando colocava a mão sobre a barriga dela e sentia o bebê se mexer. A sua euforia era tanta que começou a fazer a contagem regressiva dos quatro meses que faltavam para pegar o filho nos braços.

- Paulo! Acorde! – insistiu Érica, sacudindo-o pelo braço.

- O que foi? – perguntou ele ainda meio sonolento.

- Tem alguma coisa errada... Eu não estou me sentindo bem.

- O que foi? É o bebê? – assustou-se ele.

- Eu estou sentindo umas pontadas na barriga.

- O que eu faço? Eu vou levar você para o hospital.

- Acho que não precisa... Já está passando. Será que isso é normal?

- Eu não sei... Quer um pouco de água?

- Quero... Acenda a luz.

- Está melhorando?

- Estou me sentindo melhor... Pegue a água.

Paulo foi até a cozinha para pegar a água. De repente, ele ouviu um grito. O seu corpo todo estremeceu. Ele largou os cacos do copo pelo chão e disparou até o quarto. E encontrou Érica desfalecida sobre a cama.

- O que foi? Fale comigo, amor... O que você está sentindo?

- Dói muito! Paulo, eu não quero perder o nosso filho.

- Fique calma! Você não vai perder o bebê! Meu Deus! O que eu faço?

- Deus está me castigando pelo o que eu fiz.

- Não fale isso, meu amor!

- Ai! Ai! Está doendo muito! Eu estou toda molhada.

- Molhada?

Paulo a destapou e ficou desesperado. O lençol da cama estava todo ensanguentado. Ele correu até o banheiro, pegou uma toalha úmida e a limpou. E não hesitou mais. Ligou para o hospital e pediu socorro.

Minutos depois a ambulância chegou. O médico a examinou e administrou um medicamento intravenoso. Paulo ficou aguardando na sala. Após os procedimentos, o médico conversou com ele sobre o estado clínico de Érica.

- Sr. Paulo, o caso da sua mulher é um pouco delicado.

- Ela vai perder o bebê?

- Calma! Uma coisa de cada vez... Ela já foi medicada. A hemorragia já cessou. Mas ela está em choque. Está muita agitada. Seria melhor que ela fosse para o hospital para ficar em observação. Lá temos mais recursos para qualquer emergência. Tanto para ela como para o bebê. O senhor compreende? O que o senhor revolve?

- O que for melhor para os dois... Vou seguir a sua orientação – respondeu Paulo meio choroso.

- O senhor quer um calmante?

- Não! Eu posso ir junto?

- Claro! Ela só está um pouco sonolenta... Nós administramos um sedativo bem fraquinho.

- Eu vou vestir uma roupa, pegar a minha carteira e os documentos dela também. Eu só preciso de alguns minutos.

- Fique tranquilo... Nós vamos ficar aguardando o senhor se aprontar.

Os enfermeiros colocaram Érica na maca e a conduziram até a ambulância. Paulo permaneceu ao seu lado o tempo todo, segurando em sua mão. Quando chegaram ao hospital, ela foi remanejada para um quarto particular.

Minutos depois, Paulo entrou no quarto e ficou desolado ao vê-la sedada, recebendo soro e sangue pela veia do braço. Ele saiu do quarto às pressas. Ficou no corredor, encostado à parede, todo choroso. E quando se sentiu melhor, ele entrou novamente no quarto, aproximou-se da cama e segurou na mão dela.

- Amor, eu estou aqui.

- Paulo... – disse Érica, ainda meio sonolenta, enquanto abria os olhos bem devagar.

- Sou eu, amor... Fique tranquila. Vai ficar tudo bem.

- Eu perdi o bebê? – perguntou ela meio chorosa.

- Não! Está tudo bem com o nosso bebê. Fique quietinha... Descanse! Eu não vou sair daqui.

O médico abriu a porta do quarto e o chamou. Ele colocou a mão dela sobre a cama, deu-lhe um beijo na testa e saiu para conversar com ele.

- E como ela está? – perguntou Paulo, meio tristonho, olhando com aflição para o médico.

- Ela está reagindo bem... Ela perdeu um pouco de sangue, mas já se estabilizou. O que me preocupa é o estado emocional dela. Ela ficou muito abalada.

- Ela ainda corre o risco de perder o bebê? Ela já teve uma infecção muito grave decorrente de um aborto.

- Então... O quadro de infecção que ela apresentou quando fez o aborto, poderá ter grande influência nesta gravidez. O colo do útero dela, devido à infecção, pode ter ficado fraco... Sem condições alguma de segurar o feto até o final da gravidez.

- Então não há jeito?

- Não devemos pensar dessa forma... Ainda estamos avaliando o caso dela.

- Existe algo que possa ser feito para evitar que ela perca o bebê?

- Ela terá que fazer um tratamento... Tomar alguns medicamentos até o final da gravidez. Evitar emoções fortes e ficar em repouso absoluto. O quadro clínico dela já se estabilizou, mas continua sendo delicado.

- E quando ela terá alta?

- Calma! Ainda vamos fazer uma ultrassonografia e outros exames... Só depois desses procedimentos é que poderemos avaliar melhor o estado clínico dela e do bebê. Por enquanto, ela terá que ficar internada no hospital. Certo?

- Certo... E obrigado pela atenção.

- Vá para a casa e descanse um pouco.

- Não... Eu vou ficar mais um pouco com ela.

- Fique à vontade... Eu tenho que ver outros pacientes.

- Obrigado.

- Por nada... Estamos aqui para isso.

Após a conversa com o médico, Paulo começou a se amargurar com um sentimento ambíguo. Sentiu-se aliviado e ao mesmo tempo preocupado. Estava esgotado. Foi para o lado de fora do hospital, acendeu um cigarro e pegou o celular. Precisava dividir com alguém o peso da angústia que estava vivendo.

- D. Solange! É o Paulo.

- Paulo! Aconteceu alguma coisa?

- Já está tudo bem... Fique tranquila.

- Foi com Érica, Paulo?

- Ela está bem. Nós estamos aqui no hospital... Ela teve uma hemorragia.

- E o bebê?

- Está bem... Érica ficou muito agitada e precisou ser sedada. Eu preciso passar em casa para tomar um banho, esfriar a minha cabeça e ligar para a produtora para falar com Rita. A senhora pode ficar com ela?

- Eu estou indo para o hospital agora mesmo... Vou falar com Gustavo. Meu Deus! Tchau!

Paulo encerrou a ligação, pegou outro cigarro e permaneceu do lado de fora do hospital. Não conseguiu mais se conter, camuflou-se em um canto e começou a chorar.

Minutos depois, Solange e Gustavo chegaram ao hospital e o avistaram em um canto, cabisbaixo e muito triste. E correram desesperados na direção dele.

- Paulo! – comoveu-se Solange, abraçando-o. – Não fique assim... Vai dar tudo certo!

- Eu não entendo... Ela esta tão bem.

- E como ela está? – perguntou Gustavo.

- Ela está melhor... O médico disse que devido à infecção que ela teve, o útero ficou frágil. Ela poderá sofrer um aborto espontâneo.

- Mas tem algum tratamento? Algum remédio?

- Tem... Mas não elimina o risco dela perder o bebê. Ela não suportará o choque se isso acontecer.

- Fique calmo filho! Temos que ter fé... Ela e o bebê já estão bem. Vá para casa! Tome um bom banho, refresque a cabeça e descanse um pouco. Faça o que tiver que ser feito com calma. Eu e Gustavo vamos ficar aqui com ela.

- Obrigado. Eu fico mais tranquilo. Daqui a pouco eu estarei de volta. Não vou demorar muito.

- Pode deixar... – acalmou-o Solange.

O pesadelo passou. Paulo conseguiu relaxar um pouco. Ligou para Rita e contou o que tinha acontecido com Érica. Verificou a agenda do dia com ela e ficou mais tranquilo por não ter nada de urgente que exigisse a sua presença na produtora. Ele, então, foi para o banheiro e tomou uma ducha. E quando entrou no quarto, deparou-se com a roupa de cama toda suja de sangue. Paulo não se sentiu bem e retornou para sala. Jogou-se no sofá e apagou.

- Paulo...

- Oi filha! – respondeu Solange, segurando na mão dela.

- Cadê Paulo?

- Ele foi até ao apartamento para tomar um banho e descansar um pouco. Ele passou a noite toda do seu lado.

- Foi horrível, mãe. Eu pensei que ia perder o meu bebê.

- Não pense mais nisso! Está tudo bem! Você tem que ficar calma e repousar.

- Eu estou com medo, mãe.

- Não tenha medo! Vai dar tudo certo! Nós estamos aqui com você... E logo você estará em casa.

- Não vejo a hora de ir para a casa. Eu odeio hospital!

- Eu também! – concordou Paulo, entrando no quarto.

- Oi, amor! Você demorou tanto!

- Eu tomei um banho e me joguei no sofá... Apaguei por algumas horas. Acordei assustado e corri para cá.

- Você deve ter morrido de preocupação?

- Já passou.

- Eu quero ir logo para casa!

- Eu sei... É muito chato ficar de molho no hospital. Eu também não gosto... Acho que fiquei com trauma.

- Trauma?

- Quando eu era criança, eu tive que operar as amígdalas... A minha mãe ficou comigo. Mas eu tinha pavor de ver aquela gente de branco em minha volta. Eu nem dormia direito à noite. Sei lá... Achava que era fantasma, assombração.

- Ah! Ah! Ah! – divertiu-se Érica, rindo da história contada pelo marido.

- Que bom que você já está sorrindo – alegrou-se ele, aproximando-se mais dela e dando-lhe um beijo.

Dias depois, Érica recebeu alta do hospital. Ao entrar no apartamento, Paulo a conduziu com todo o cuidado até o quarto do casal. Acomodou-a na cama, ajustou os travesseiros para que ela ficasse bem confortável e a beijou.

- Você está se sentindo melhor? – perguntou ele, cheio de cuidados.

- Estou ótima!

- Daqui para frente, a senhora já sabe que é cama, cama e cama... Repouso absoluto!

- Eu sei meu amor... Mas você não acha que há um pouco de exagero?

- De jeito algum! O médico foi bem claro! É uma gravidez de risco e todo cuidado é pouco.

- Eu sei... Vou me esforçar!

- Você está só com cinco meses de gestação. O seu útero está frágil... O feto já está formado, mas os órgãos dele ainda estão amadurecendo.

- Será difícil... Mas com você do meu lado, eu vou conseguir. Fique tranquilo!

- Eu pretendia até fazer uma surpresa para os meus pais e contar as boas novas. Ia convidar a sua mãe e o seu irmão para passarem um final de semana na fazenda com a gente. Agora eu não sei o que fazer. Como contar uma notícia boa e, em seguida, outra ruim?

- Não vai acontecer nada de ruim com o nosso bebê. Temos que contar a verdade para eles.

- Mas eu fico preocupado com a reação deles.

- O médico fez a ultrassonografia e disse que está tudo bem com o bebê.

- Eu vou pensar... Depois a gente conversa mais sobre isso. Agora, relaxa e descansa.

- E a campanha?

- Você não poderá de forma alguma participar da próxima campanha. Eu vou ter que dar um jeito.

- A produtora pode ser prejudicada com isso?

- Não! Os outros trabalhos já foram concluídos... O problema é que eles só querem você. Eu vou ter que convencê-los a usar outra modelo. Pelo menos por um tempo.

- Você pode perder a conta?

- Podemos... Mas isso são coisas para serem resolvidas depois e com mais calma. Agora temos que cuidar do nosso bebê.

- Eu gostaria tanto de ir para a fazenda?

- Viajar? Nem pensar!

- Puxa! E a minha mãe? Ela cismou de morar no sítio com os meus avós.

- Eu sei... Mas ela disse que só irá depois que o bebê nascer.

- Ela disse isso? Que bom!

- Ela ficou muito abalada. Mas falou que prefere ficar na casa dela... Não quis ficar aqui com a gente.

- Ela é assim mesmo... Eu fiquei feliz com a notícia. E cadê ela?

- Saiu para fazer compras... Disse que queria fazer uma comida mais forte para você. Quem diria, hein!

- Ah! Ah! Ah! Que bom! Comida de hospital ninguém merece!

- Eu vou dar uma ligada para Rita... Preciso saber sobre o andamento das atividades na produtora.

- Vá! Eu estou bem... Eu amo muito você, sabia?

- Sempre... Eu amo muito você também.

Paulo terminou de falar com Rita e, logo em seguida, o celular tocou. Ele olhou para o visor, coçou a cabeça e atendeu.

- Mãe!

- Oi, filho! Tudo bem por aí?

- Mais ou menos... Como está o papai?

- Está ótimo! Nem parece que enfartou. Já está na ativa.

- Peça para ele ter cuidado... Não o deixe exagerar. Ele é muito teimoso. Tem notícias do pessoal?

- Estão todos bem. Eu estou percebendo a sua voz um pouco embargada. Aconteceu alguma coisa?

- É uma notícia boa e ruim ao mesmo tempo.

- Paulo, o que está acontecendo? Por favor, não me esconda nada. Você está doente?

- Eu? Não. Eu até estava pretendendo passar o final de semana na fazenda, mas aconteceu um imprevisto.

- Eu estou ficando preocupada... O que aconteceu?

- É que Érica está grávida.

- Grávida? Você está brincando comigo?

- Não estou não! Ela já está com cinco meses.

- E só agora que você fala? Puxa!

- Eu queria fazer uma surpresa.

- O seu pai vai ficar alucinado!

- Agora, a notícia ruim.

- Pelo amor de Deus! Fale logo, filho! Você está me deixando angustiada.

- É uma gravidez de risco.

- Filho, eu sinto muito... E como ela está?

- Ela teve uma hemorragia e ficou alguns dias internada no hospital... Mas já está em casa. Está passando bem. Ela tem que fazer repouso absoluto.

- Filho, eu gostaria tanto de estar aí com vocês.

- Eu sei... Mas o papai também precisa da senhora. Ele não pode ficar sozinho. Nós estamos bem.

- Você gosta muito dela, não?

- Eu a amo demais. E... Nós já estamos morando juntos.

- Eu imaginei... E por que você ficou escondendo isso da gente?

- Eu ia contar... Mas...

- Mas, não contou... Até confesso que nós ficamos preocupados com esse seu relacionamento amoroso. Não nos agradou muito por ela ser bem mais jovem que você. Mas se você está feliz, eu e o seu pai também ficamos.

- Aconteceu muito rápido... Um pedaço de papel não representa nada. O que importa é o que sentimos um pelo o outro. Nós nos amamos.

- Filho, fique de olho nela. Qualquer coisa me ligue.

- Acho bom não contar para o papai.

- Não! Nem pense em uma coisa dessas!

- Eu fico preocupado com a saúde dele... Devemos poupá-lo de ter emoções fortes. Mas eu sei que ele vai me passar um sabão!

- Com certeza! Mas eu vou contar sim... Aos poucos eu vou explicando a ele toda a situação. Já pensou, se a criança nasce sem ele ao menos ter sido informado que Érica estava grávida? E pior, que vocês dois já estavam morando juntos? Ele vai esfolar a gente vivo... Você não acha?

- Ah! Ah! Ah! Acho! A senhora está certa... Faça o que achar melhor. Eu vou ter que desligar. A campainha está tocando. Um beijo! Tchau!

- Um beijo!

Solange entrou no apartamento carregando várias sacolas. Foi para a cozinha e preparou uma sopa bem suculenta. Encheu o prato e levou para a filha no quarto. Érica estava acordada, assistindo a uma programação na televisão.

- Puxa! Vocês me abandonaram.

- Eu estava ajudando a sua mãe a fazer uma sopa deliciosa para você... Sente só o cheio!

- Eu não estou com fome.

- Nada disso! Você tem que se alimentar bem e na hora certa – insistiu Solange.

- Está bem. Mas antes, eu vou contar uma coisa que descobri quando estava no hospital.

- O quê? – perguntou Paulo.

- Eu sei qual é o sexo o bebê!

- Puxa! Você nem me contou! – reclamou ele.

- Quando eu fiz a ultrassonografia, a médica me perguntou se eu queria saber o sexo do bebê. Na hora, eu disse que não... Você não estava comigo. Mas depois, eu fiquei curiosa.

- Fale Érica! – insistiu Paulo, ficando agitado e cheio de curiosidade.

- Eu acho que não devo falar.

- Que isso! Eu não vou aguentar de curiosidade. É injusto, amor.

- Está bem! É...

- É... – entusiasmou-se ele.

- Me...

- Meni... - continuou Paulo, participando da brincadeira.

144

- Na...!

- Menina! – gritou Paulo, vibrando de alegria.

Os meses foram se passando e Érica não aguentava mais ficar de molho sobre a cama. Sentia-se pesada, enorme. Não conseguia encontrar uma posição confortável para dormir. E Paulo, todo entusiasmado, ficou de olho no calendário, aguardando, com grande expectativa, os poucos dias que faltavam para o bebê nascer. Mas a menina não quis esperar.

Enquanto preparava o almoço, Solange escutou a filha gritar e correu até o quarto para ver o que estava acontecendo. Ela percebeu, imediatamente, que Érica estava entrando em trabalho de parto.

Paulo chegou ao hospital junto com a ambulância. Mas não conseguiu se aproximar da mulher. Não havia mais tempo, o bebê já estava nascendo. E Érica foi levada no carro maca, às pressas, pelos enfermeiros para a sala de parto.

Ele vestiu o avental e se juntou à equipe médica para acompanhar o nascimento da filha. Filmou todo o parto. Esforçou-se o máximo para se manter de pé quando o médico amparou a criança com as mãos. A menina tinha um choro forte e cheio de vida.

Caroline nasceu de parto normal. E no dia que Paulo soube que elas tinham sido liberadas pelo

145

médico, ele não titubeou, na mesma hora carregou as duas para a casa. Parecia uma criança perdida no meio de tanta felicidade.

À noite, Paulo ficava de prontidão como uma sentinela. Quando percebia qualquer movimento ou ouvia algum gemido da menina, ele se levantava da cama assustado para ver o que estava acontecendo.

- Acorde Érica!

- Hã! O que foi Paulo?

- Acho que ela está com fome. Ela está ranheta e gemendo.

- Fome? Ela foi amamentada ainda pouco. Ela deve ter sujado a fralda... Eu vou ver.

- É a coisa mais linda que eu já vi... Parece comigo.

- Ah! Ah! Ah! Ô pai babão!

- Sou mesmo!

- Ela fez caca... Eu vou trocá-la. Pegue pra mim... Paulo! Paulo! - e insistiu Érica depois de perceber que ele já estava dormindo. - Safado! Acordou-me e depois caiu no sono.

E toda manhã, ao despertar, Érica se deparava com o marido ao lado do berço da menina, paparicando-a. Ela ficava totalmente deslumbrada com o amor que ele sentia pela filha.

A menina ainda não tinha completado um mês de nascida e Paulo apareceu em casa com um urso de pelúcia.

- Olha só quem chegou? Flores para a mamãe mais linda do mundo.

- E isso o que é?

- É para a minha filhota! - respondeu ele, desembrulhando o presente.

- Que exagero! Para que um urso deste tamanho? Caroline vai se assustar quando olhar para ele.

- Duvido! Ela tem cara de valente... Não vai sentir medo de um urso de pelúcia.

- E como você pode saber disso? Ela só tem alguns dias de nascida.

- É só olhar para ela... E tem mais presente.

- Paulo! Não precisava! - surpreendeu-se Érica, pegando e abrindo a pequena caixa que recebeu dele. - Um colar de pérolas!

- Você merece muito mais que isso, amor.

- Eu nem sei o que falar... Você me deixa sem graça – emocionou-se Érica, com algumas lágrimas escorrendo pelo rosto.

Paulo colocou o colar de pérolas no pescoço de Érica e o urso de pelúcia bem próximo ao berço de Caroline. A menina dormia como um anjo. Ele conversava com ela o tempo todo. Contava-lhe algumas histórias de sua infância sem ao menos se dar conta de que ela era apenas um bebê com alguns dias de nascida. Às vezes a menina movia os seus pequenos lábios e ele ficava todo eufórico, acreditando que a filha estava sorrindo para ele. E se maravilhava.

- Vamos almoçar... Deixe-a quietinha – reclamou Érica, puxando-o pelo braço. – Você não está com fome?

- Estou faminto! A sua mãe é uma cozinheira de mão cheia.

- Aproveite! Ela irá mesmo para São Paulo.

- Ela não desistiu da idéia?

- Não... E eu sou péssima na cozinha!

- Puxa! Vou perder a cozinheira.

- Já perdeu! Ela já ajudou bastante.

- Ajudou mesmo... E com muito amor. Ela merece ser feliz do jeito que ela quiser.

- Merece sim!

Os dois almoçaram e depois sentaram abraçadinhos no sofá da sala. Érica começou a acariciar os seus cabelos, mecha a mecha.

- Assim eu vou acabar dormindo. Eu estou aqui pensando... E o apartamento que você comprou para ela? Como vai ficar isso?

- Ela concordou com a venda da casa. O Gustavo ficará no apartamento. Vamos deixar um quarto preparado para ela. Se ela voltar ou quando vier nos visitar, ficará no apartamento. Com o dinheiro da venda da casa a gente abate no valor do apartamento.

- Se ela concordou... É um bom investimento. O imóvel ficará no nome dela?

- Claro! A parte dela na casa é maior que a dos filhos. E esse dinheiro entrará na transação da compra do apartamento.

- Eu acho justo.

- Pelo menos, se ela não ficar lá com os meus avós, não voltará para aquela casa cheia de recordações tristes.

- É... A conversa está boa, mas eu tenho que voltar para a produtora. Você vai ficar bem?

- Melhor seria impossível.

Paulo foi até o quarto dar mais uma olhada na filha. Despediu-se da mulher e seguiu para a produtora. Caroline começou a murmurar, avisando a mãe que já estava ficando com fome.

Érica tirou a roupinha da menina, colocou-a na banheira e começou a lavá-la suavemente, deslizando a mão sobre a sua pele macia e delicada. E cuidadosamente a envolveu em uma toalha, confortou-a em seu peito e a alimentou.

Capítulo 8

Os dias foram se passando e Caroline ganhando peso e estatura. Paulo e Érica se esbaldavam de rir com as suas gracinhas. Mas entre uma gracinha e outra, Érica acabava se irritando com as pirraças da menina. Paulo chegava da produtora, jogava a pasta em cima da cama e não enxergava nada a sua frente. Só Caroline.

- Cadê a coisinha rica do papai? Venha com o papai...

- Paulo! Você chega da rua e vai logo pegando a menina. Isso não faz bem para ela. Tome um banho primeiro, lave as mãos... Você está todo suado, cheio de poeira da rua – repreendeu-o Érica, com o tom de voz áspero.

- Você está certa... – concordou Paulo, olhando com certa estranheza para o comportamento da mulher.

Érica ficou rude. Ela começou sentir a falta de todo o romantismo que os envolvia e do glamour que a carreira de modelo lhe proporcionava. O seu humor foi se contaminando por uma irritação incontrolável e ela passou a implicar o tempo todo com o chamego que Paulo tinha com filha.

Simulava que estava muito cansada, esgotada e com dor de cabeça, quando ele a procurava à noite. Paulo se fazia de compreensivo, mas ficou muito intrigado, preocupado com a frieza e o distanciamento da mulher. Passou a se sentir muito solitário. E o seu estado depressivo acabou interferindo em seu desempenho profissional na produtora.

- O que está acontecendo, Paulo? Algum problema com Caroline? Érica está bem? – perguntou-lhe Rita, percebendo certo desinteresse dele pelo trabalho.

- Caroline está ótima! É uma pimenta cheia de saúde.

- Ah! Ah! Ah! Érica?

- Tem alguma coisa errada com ela. Mas... Deixe para lá.

- Desculpe-me pela intromissão, mas eu conheço você melhor do que ela. Você está triste e desanimado.

- Eu sei... É que eu não queria trazer problemas de casa para o trabalho.

- Você não confia mais em mim?

- Muito! É que Érica está distante... Fria. Implica o tempo todo comigo quando estou com a menina. Não tem mais paciência com nada. Há meses que ela não me deixa tocá-la. Está sempre insatisfeita. Eu não sei mais o que fazer. Estou quase explodindo! Você acha que é depressão pós-parto?

- Você já conversou com ela sobre isso?

- Não.

- Mas precisa... Só ela poderá explicar o que está acontecendo.

- Não faço idéia sobre o que possa ser... Eu sempre fui tão atencioso e amoroso com ela. Parece até que eu estou convivendo com outra pessoa. Uma estranha!

- É complicado... Você tem que conversar com ela e procurar a ajuda de um profissional.

- Um psicólogo?

- Não sei... Pode ser algo clínico ou besteiras da cabeça dela.

- Besteiras?

- Ciúmes!

- Ciúmes de quem? Eu vivo de casa para o trabalho e do trabalho para casa... Impossível!

- Ciúmes de você com a filha.

- Ciúmes de Caroline?

- Eu disse que poderia ser... Essas coisas acontecem com alguns casais quando nascem os filhos. Ela passou a dividir a sua atenção com a filha e não está conseguindo lidar com isso.

- Será?

- Faça algum programa com ela... Vá jantar fora. Talvez ela tenha se distanciado de você porque está achando que você não a quer por perto, só a filha.

- Mas isso não é verdade... Eu a amo.

- Ela também pode estar sentindo falta do trabalho. A gente já pode ver alguma coisa para ela fazer.

- Não! Caroline não pode ficar sozinha... A mãe de Érica foi morar em São Paulo.

- Você já ouviu falar em babá?

- Vou pensar... Obrigado. Foi muito bom a gente ter conversado sobre isso. Clareou muitas coisas na minha cabeça. Eu estava pensando milhões de besteiras. A gente não percebe o que está fazendo. Eu fiquei empolgado demais com a chegada de Caroline.

- Você ficou como todo pai deveria ter ficado... Mas a mãe do bebê também precisa da atenção do marido.

- Mas, fale a verdade... A minha filha é linda, não é?

- É...! Mas agora nós precisamos despachar... Falar sobre assuntos de trabalho.

- Agora?

- Imediatamente.

Paulo refletiu bastante e resolveu seguir os conselhos da amiga. Ele não estava mais suportando ter que viver tão distante de Érica. Sentiu que precisava fazer alguma coisa e rápido. Ele, então, pediu a um funcionário da produtora para comprar rosas.

Horas mais tarde, quando terminou o expediente, ele saiu todo contente, carregando consigo o maço de rosas. Entrou no carro e ficou pensando, tentando formular algumas frases para falar para Érica, mas não conseguiu organizar as palavras em sua cabeça. Ligou o carro e seguiu para o apartamento.

- Perdeu as chaves? – perguntou Érica ao abrir a porta.

- Aqui mora uma mulher muito linda, que tem os olhos verdes e um sorriso encantador?

- Eu não sei se ela ainda mora aqui...

- Mandaram-me entregar estas rosas para ela.

- Pode ser engano...

- Creio que não... Eu não cometo enganos.

- Será?

- Tenho certeza! Casei-me com uma mulher lindíssima. Ela me deu uma filha linda... A família que eu sempre sonhei. Sempre quis ter um filho, uma menina... Eu as amo tanto que seria capaz de dar a minha vida por elas.

- Então somos dois sortudos... Eu tenho um marido maravilhoso e uma filha lindíssima. Eu também daria a minha vida por eles.

- Eu amo você! Eu não tive a intenção de ignorar você. Desculpe-me. Você é a mulher da minha vida.

Os dois ficaram em silêncio, parados na porta de entrada do apartamento, olhando um para o outro. Mas não resistiram por muito tempo. Abraçaram-se e se beijaram com tanta intensidade que Paulo deixou cair o maço de rosas no chão.

Ele fechou a porta e os dois começaram a se despir com ferocidade desde a sala até o quarto, esquecendo-se das rosas que ficaram para trás. Eles tinham a necessidade de sentir os odores que exalavam dos seus corpos, os aromas mágicos que aguçavam os seus sentidos e os conduziam ao clímax perfeito.

No dia seguinte, Paulo tomou o seu café da manhã às pressas, pegou a sua pasta e quando já estava chegando à porta, Érica correu até ele e o abraçou.

- Eu fui muito infantil... Você me perdoa? Eu não entendo como eu pude me comportar dessa forma. Eu o amo tanto... Não quero perder você.

- Eu também tive culpa... Eu fiquei tão alucinado com a paternidade que só pensei em mim. Você ficou com ciúmes?

- Ciúmes? Ah! Ah! Ah! Claro que não! Eu senti a sua falta.

- Jura?

- Juro! Muito, muito, muito...

- Desculpa! Eu fui um tolo.

- Você não é um tolo... Eu que fui imatura. Não soube conduzir a situação. Comportei-me como uma menininha minada.

- Você é uma menina mimada...

- Sou? Repete!

- Você é a minha menina mimada...

- Ah! Ah! Ah! Depois você reclama...

- Uma menina que está crescendo... Amadurecendo. Agora eu tenho que ir... Estou atrasado.

Paulo se despediu dela com um beijo e fechou a porta. Érica não se conteve de tanta felicidade, saiu rodopiando toda sorridente pela sala e seguiu dançando até o quarto para dar uma olhada em Caroline, que ainda estava dormindo. Ajeitou a manta sobre a menina e se jogou de braços abertos sobre a cama.

Os meses foram se passando e Caroline já completava um ano de vida. No quarto havia muitos presentes e na sala um enorme painel repleto de bolas. Paulo a pegou no colo e foi até a janela, tentando distraí-la, pois a menina queria mexer em tudo. Ficou conversando com a filha, apontando para o céu, mostrando-lhe a lua e as estrelas. Caroline já ensaiava algumas palavras.

- Filha! Fala lua...

- Ua...

- Eh!

- Eh! – e gritou a menina, batendo palmas.

- Fala Paaaa...

- Paaaa...

- Pai...

- Paiii...

- Papai!

- Papai!

- Ela falou! Érica, ela falou...!

- Falou o quê?

- Ela falou papai!

- Filha, você traiu a mamãe?

- Caroline? Fala papai...

- Papaiii!

- Eh!

- Eh! – e gritou a menina, fazendo maior festa.

- Também... Com você fazendo lavagem cerebral na menina o tempo todo.

- Caroline! Fala ma... mãe – intrometeu-se Érica.

- Tem que ser assim... Filha, fala ma... ma... – insistiu o pai com a menina.

- Ma...

- Filha! Fala ma... mãe.

- Ma... maiii...

- Eh! – festejou Érica, pegando a menina dos braços de Paulo e beijando-a. – Coisa rica da mamãe!

Érica devolveu a menina para os braços do pai e foi terminar os preparativos para a festinha de aniversário. Ele olhou para a menina e deu um suspiro de alívio.

– Você salvou o papai, filha. Garota esperta! – disse ele baixinho e continuando a pedir para ela repetir "papai".

Caroline vibrou com toda a agitação da festa. Não estranhou uma pessoa. Ficou sorrindo e pulando de alegria no momento em que todos cantaram a música parabéns para você.

E na hora de apagar a velinha, não lhe faltou força no pulmãozinho, ela assoprou de uma vez só e sem a ajuda dos pais. Todos se divertiram muito com as suas travessuras. E o primeiro pedaço do bolo? Não foi para ninguém. Ela mesma o comeu.

E quando Érica colocou uma música infantil para divertir as crianças, Caroline ficou agitada e fez força para descer do colo de Rita. O pingo de gente ficou em pé e começou a dançar no meio da criançada, deixando os pais de queixo caído com a sua desenvoltura.

- Paulo! – surpreendeu-se Érica, segurando no braço do marido.

- Ah! Ah! Ah!

- Eu estou pasma!

- Que garota sapeca! Vai dar trabalho...!

- Pegue ela... Eles podem machucá-la.

- Não...! Fique lá com ela. Eu vou pegar a câmera para filmar.

Caroline ficou tão exausta que acabou adormecendo no sofá da sala. E enquanto Érica acompanhava o último convidado até a porta, Paulo pegou a menina em seus braços e a levou para o quarto. Tirou a fantasia de princesa dela, colocou-a no berço e retornou para ajudar a arrumar toda a bagunça.

- Ela apagou... – disse Paulo, jogando-se no sofá.

- Ela fez uma farra. Incrível! Tem criança que estranha as pessoas e chora o tempo todo. Ela não estranhou ninguém... Brincou o tempo todo.

- Ela é muito esperta para a idade dela.

- Temos que ficar de olho nela... Proteger as tomadas e colocar tela na janela. Ela é muito levada.

- Você falou uma coisa importante... Vou ver isso.

- Ela está crescendo... Acho que vamos ter que contratar uma babá. Eu não vou parar de trabalhar.

- Trabalhar? Agora?

- Vou fazer academia e me cuidar mais.

- Tão cedo? Ela ainda é muito pequena.

- Mas eu vou precisar sair para resolver algumas coisas... Eu não vou ficar presa neste apartamento, engordando.

- Claro! Você está certa! Eu só acho que ainda é muito cedo.

- Não é cedo não! Ela já tem um ano.

- Depois a gente conversa melhor sobre isso... Tem certeza que não quer ajuda? – desconversou ele.

- Não precisa... Amanhã eu dou um jeito nesta bagunça.

- Eu estou cansado... Eu vou tomar um banho e cama.

- Isso! Vá! Eu só vou colocar algumas coisas na geladeira... Amanhã eu termino de arrumar o resto. Ufa!

No dia seguinte, enquanto os dois tomavam o café da manhã, Érica continuou com o assunto sobre a contratação da babá, mas Paulo desconversou, tentando desestimulá-la. Ele não se sentia confortável com a idéia de colocar a filha sob os cuidados de uma pessoa estranha.

- E a babá? – perguntou Érica.

- Que babá?

- Puxa! Eu estou falando sério!

- Depois a gente fala sobre isso... Agora eu tenho que ir, amor. Estou atrasado!

- Paulo! Isso é importante para mim.

- Eu sei... Mas agora, eu tenho que ir.

- Eu preciso retomar a minha vida, Paulo.

- Nós conversaremos sobre isso quando voltarmos da fazenda. Um final de semana em Minas... O que você acha?

- Acho uma ótima idéia. Os seus pais ainda não conhecem Caroline... Só por foto. E ela vai adorar.

- Eles vão ficar maluquinhos com as travessuras dela.

- Espere ela ficar mais segura para caminhar.

- Não vou esperar muito tempo não... Eu quero ver como está o meu pai.

- Mas a sua mãe sempre diz que ele está ótimo.

- Eu sei... Mas eu quero vê-los. Eu vou colocar os trabalhos em ordem na produtora e semana que vem a gente viaja para a fazenda.

- Não seria melhor esperar um pouco mais?

- Para quê? Eu estou com saudade dos meus pais. Ih! Eu não posso ficar mais... Tchau! – disse ele olhando para o relógio e saindo apressado.

Semanas depois, Paulo, Érica e Caroline desembarcaram em Minas Gerais. Logo que chegaram à fazenda, a menina começou a fazer força com a mãe para se soltar. Margarida estendeu os braços em sua direção e ela, imediatamente, saltou para o colo da avó.

- Olha só Sílvio, ela nem me estranhou.

- Como ela está crescida! – surpreendeu-se Sílvio, pegando na mãozinha da menina e beijando-a.

- Érica! Ela é linda! – entusiasmou-se Margarida. – Ela se parece muito com Paulo quando era bebê.

- É uma pimenta! Muito arteira... Mexe em tudo que vê a sua frente. Tem que ficar de olho nela o tempo todo.

163

- Criança saudável é assim mesmo... Eu tive quatro. Eu sei o que estou falando.

- Venha filho, vamos entrar... - disse Sílvio, envolvendo Margarida com o braço e entrando.

- Eu vou ajudar o Esteves com a bagagem - respondeu Paulo.

Margarida e Sílvio ficaram maravilhados com a neta. Caroline cismava com os óculos do avô. E toda vez que ele se distraía, ela puxava os óculos do seu rosto. Érica ficou exausta, correndo o tempo todo atrás da menina, que tirava as coisas do lugar, pendurava-se nas cortinas e ameaçava subir e descer pelas escadas.

A menina ficou alucinada com as galinhas, os patos, os cavalos, os bois... Não sentiu medo algum. Pelo contrário, tentou se soltar da mão do pai e correr atrás dos bichanos. Paulo a colocou em cima de um cavalo e quando ameaçou tirá-la, ela não gostou, fez um tremendo escândalo. Chegou a casa em soluços. Ficou magoada com ele e se jogou nos braços da mãe. Coisa rara de acontecer. Ela não deixava o colo do pai por nada.

- O que foi? - perguntou Érica, preocupada.

- Ela não queria sair de cima do cavalo.

- Você a colocou em cima do cavalo? É perigoso!

- Ah! Ah! Ah! Eu a segurei... Ela ficou zangada. É geniosa. Não puxou a mim.

- Claro! Os defeitos vão ficar nas minhas costas.

- Eu estou brincando, amor. Eu já fui muito genioso. Hoje em dia, eu consigo me controlar mais.

- Olha só...!

- O quê? Eu sou normal... Nunca falei que eu era perfeito.

- Ih! Já entendi tudo... Alguma coisa não lhe agradou.

- Não é nada. Nós dois somos geniosos... Não vamos discutir por bobeiras.

- Eu sou geniosa sim... Eu sei. A minha mãe sempre falou que eu era muito pirracenta. Que quando eu queria alguma coisa e eles não me davam, eu fazia um escândalo. Que eu era brigona e adorava pegar o brinquedo de outra criança. E que eu levei muitas palmadas.

- Palmadas? De jeito algum! Caroline, cadê o cavalinho?

- Deixe-a quieta, Paulo. Ela vai chorar novamente. Ela já esqueceu... Vamos entrar?

- Vamos!

- Você está preocupado com o seu pai, não é?

- Eu o achei um pouco abatido, mais magro. Vou conversar com a minha mãe.

- Faça isso! E vê se tira essas coisas ruins da cabeça... Ele está bem.

- Assim eu espero. Vamos entrar!

Toda a preocupação que Paulo nutria sobre o estado de saúde do pai, foi se diluindo no meio de tanta alegria que Sílvio e Marta sentiram ao conhecer a neta. E ele desembarcou no Rio ávido por um breve retorno à fazenda.

Assim que chegaram ao apartamento, Érica seguiu às pressas para o quarto. Trocou a fralda da menina, colocou-a no berço e em seguida retornou para a sala. Sentou-se ao lado do marido e ficou acariciando os seus cabelos.

- Ainda está preocupado com o seu pai? – perguntou ela.

- Ah! Eu estava precisando disso!

- Você ouviu o que eu falei?

- Ouvi... Eu conversei com a minha mãe e ela disse que está tudo bem.

- Então! Procure ficar mais tranquilo.

- Sei lá... Ela não me convenceu. Eu o achei muito magro e cansado. Ele sempre foi fortão e cheio de disposição.

- E por que ela mentiria?

- Não acho que ela mentiu... Mas está omitindo alguma coisa para não preocupar os filhos. Ele deve ter pedido isso a ela.

- Ela não faria isso!

- Eles são unha e carne... Você não faz idéia!

- Sério?

- Eu estou falando sério. A minha mãe nunca escondeu nada do meu pai sobre os filhos... Essas coisas que as mães fazem.

- Puxa!

- Ela apazigua... Mas dá razão a quem tem razão. E o meu pai sempre foi corretíssimo. Nunca soubemos nada sobre ele que abalasse a nossa família. A minha mãe não deu razão ao Jorge... Lógico que ela não queria que ele saísse de casa, mas foi dura com ele igual ao meu pai.

- É? Eu gostaria de ser assim... Segura e forte como ela.

- Mas ela é uma manteiga derretida. Emociona-se e chora por tudo e por todos.

- Dá para perceber quando a gente olha para ela.

- Eu sinto muita falta da fazenda, deles... Quando estou lá, eu me sinto mais vivo.

- Você não conseguiria deixar toda a agitação da cidade grande. E o seu trabalho?

- Claro que sim! Dá até vontade de voltar correndo pra lá no próximo final de semana.

- Para mim já está bom... Vamos deixar passar um tempinho e a gente volta. Eu já perdi anos da minha vida vivendo no meio do mato. Eu quero andar sobre o asfalto, respirar um pouco de poluição, viver com mais intensidade.

- Puxa! Fiquei frustrado!

- Não é isso! Eu quero me dedicar mais a minha carreira. Gosto do meu trabalho. A idade logo chegará e outros rostinhos bonitos surgirão. Eu não quero desperdiçar essa oportunidade que apareceu na minha vida. E a babá?

- Que babá?

- Para tomar conta de Caroline.

- Depois a gente fala sobre isso.

- Eu tenho a indicação de uma senhora... Ela tem experiência com crianças. O nome dela é Soraia.

- Está bem. Vamos marcar uma entrevista com ela. Se eu aprovar, a gente contrata. Eu não vou colocar a minha filha nãos mãos de qualquer pessoa.

Érica se levantou do sofá e foi para o quarto. Mais tarde, quando retornou à sala, encontrou-o dormindo.

168

Preferiu não acordá-lo. Pegou o edredom e ajeitou sobre ele. Beijou-o na testa e voltou para o quarto.

No dia seguinte, Paulo se levantou do sofá com o corpo todo dolorido. Esticou-se para um lado, esticou-se para o outro e saiu reclamando até o banheiro. Tomou uma ducha fria, aprontou-se e se sentou à mesa para tomar o seu café.

- Puxa! Você me deixou de castigo no sofá. A gente nem brigou. Se tivéssemos brigado... Você teria me jogado pela janela.

- Com certeza! Ah! Ah! Ah!

- As minhas costas estão doendo... Eu estou precisando de uma massagem!

- Coitadinho do meu marido! Apelação logo de manhã?

- Ah! Ah! Ah! Eu apaguei... Ai!

- Eu não quis acordar você. Eu pensei que depois você viria para o quarto. Eu coloquei a Caroline na cama junto comigo e nós duas apagamos também. Ela não acordou ainda.

- Ela está cansada da viagem. Tchau amor! Eu estou atrasado.

- Para que tanta pressa? Você é o dono da empresa.

- Por isso mesmo... Eu tenho que dar o exemplo. Tchau! – despediu-se Paulo, beijando-a e saindo às pressas.

Minutos depois a campainha tocou. Érica olhou pelo olho mágico e logo em seguida abriu a porta.

- Bom dia! D. Érica?

- A senhora é a D. Soraia?

- Isso! Eu vim saber sobre a vaga para babá.

- Claro! O meu marido acabou de sair... Mas eu gostaria de conversar um pouco com a senhora. Entre!

- Com licença!

- Está uma bagunça... É que nós chegamos ontem de viagem. A menina está dormindo ainda. Venha! Sente-se! Quer um café?

- Não! Obrigada!

- Então... A minha filha tem um ano de idade. A senhora tem experiência com crianças novinhas assim?

- Tenho! Eu já cuidei até de recém nascidos. Eu também sou enfermeira formada... Já trabalhei em hospitais.

- É... E por que a senhora desistiu da profissão?

- Eu casei. O meu marido não quis que eu trabalhasse... E depois vieram os filhos. Eu fui ficando mais velha e agora tenho netos. Eu fiz a minha escolha.

- Quantos filhos a senhora têm?

- Quatro filhos e seis netos.

- A família é grande.

- É...

- A senhora poderia deixar alguma referência? Alguns telefones de onde trabalhou?

- Posso! Aqui está o meu currículo.

- Eu vou passar para o meu marido. Ele gostaria de fazer uma entrevista com a senhora... Ele é muito apegado a menina.

- Claro!

- Ele está me enrolando... Não quer que eu arrume uma babá. Mas eu tenho que voltar a trabalhar.

- A senhora trabalha fora?

- Trabalho! Eu sou modelo!

- Modelo? Ah! Agora eu estou me lembrando... A propaganda dos sabonetes?

- Isso!

- Ih! Eu acho que a neném está acordada – disse Soraia chamando a atenção de Érica. – Ela está tossindo.

- Só um minuto... – respondeu Érica, retirando-se da sala e indo até o quarto para ver Caroline.

Soraia se assustou com os gritos de Érica pedindo por socorro e correu até o quarto para ver o que estava acontecendo. Encontrou-a em desespero, sacudindo a filha pelos braços. Caroline já estava ficando desfalecida, roxa e sem ar.

Érica relutou e não quis largar a filha de jeito algum. Soraia a arrancou dos seus braços e começou a pressionar o diafragma da menina. Caroline teve ânsia de vômito e expeliu o olho do ursinho de pelúcia que havia colocado na boca.

- Obrigada! Você salvou a minha filha – agradeceu Érica, pegando a menina dos braços de Soraia.

- Essa idade é muito perigosa. Eles mexem em tudo. Objetos que se parecem com doces e balas são os mais perigosos... Todo cuidado é pouco.

- Será que ela está machucada?

- Creio que não... Senão haveria vestígios de sangue. Mas é bom levá-la ao pediatra.

- Eu vou pegar a minha bolsa... A senhora se importaria de ir comigo?

- De jeito algum!

- Eu só vou trocar de roupa... Acho que vou trocar a roupa dela também. A senhora acha que ela está bem mesmo?

- Ela está mais calminha... Dê um pouco de água para ela.

- Eu já estou pronta! Eu vou pegar a água e a gente desce... Eu não vou nem avisar ao meu marido. Ele ficará muito nervoso. O pior já passou!

A médica examinou a menina e não encontrou vestígios de ferimentos na boca ou na garganta. E Caroline também não demonstrou sentir algum incômodo ao mastigar ou engolir os alimentos. Érica, então, ficou mais tranquila.

- O que aconteceu? – perguntou Paulo, entrando no apartamento e percebendo que ela estava com os olhos vermelhos e inchados de chorar.

- Foi horrível, Paulo! – respondeu ela, abraçando-o.

- Onde está Caroline? – sobressaltou-se ele.

- Ela está no quarto dormindo. Nós quase a perdemos, Paulo.

- O quê? Do que você está falando?

- Ela se engasgou com o olho do ursinho de pelúcia... Ficou sufocada!

- Meu Deus! E você não viu isso?

- Ela estava dormindo. Eu a escutei tossindo e corri até o quarto... Ela já estava ficando roxa e sem ar.

- E o que você fez?

- Foi Deus que mandou aquela mulher.

- Que mulher?

- D. Soraia.

- É vizinha nossa?

- Não! É a senhora que veio saber do emprego de babá.

- Que droga! Você deixou a menina sozinha e ficou conversando?

- Agora a culpa é minha? E se eu tivesse fazendo outra coisa? Se não fosse ela, Caroline teria morrido.

- Desculpa! Eu não quis colocar a culpa em você. Eu fiquei nervoso.

- Mas colocou!

- Pare com isso! Eu fiquei nervoso! Nem quero pensar no que poderia ter acontecido... Chegar do trabalho e não encontrar a minha filha viva. Acho que eu me jogaria pela janela.

- Ela foi uma heroína! Já trabalhou como enfermeira. Deixou o currículo e uma carta de referência para você dar uma olhada. Ela foi muito gentil e me acompanhou até o hospital.

- Hospital? Para quê?

- Para examinar Caroline.

- E como ela está? – perguntou-lhe Paulo, seguindo em direção ao quarto para ver a filha.

- Ela está mais calminha agora... Não tem ferimentos. Ela não chegou a engolir o olho do ursinho. Ele ficou preso na garganta dela, impedindo-a de respirar. Mas ela ficou muito assustada. Eu só consegui fazer a comidinha dela. Não fiz nada para gente comer. Acho que nem vou conseguir comer alguma coisa.

- Meu anjo! O papai está aqui – comoveu-se ele, aproximando-se do berço da menina e acariciando a sua mão.

- Não desperte ela não... Deixe-a dormir. Ela ficou muito assustada. Fique um pouco com ela que eu vou pedir alguma coisa para gente comer.

- Peça sim... Eu estou morrendo de fome. Você também não pode ficar sem se alimentar direito. Eu estou até com complexo de culpa. Fui eu que comprei esta merda de urso!

- Fale baixo! Você vai acordá-la.

Paulo fez uma vistoria no berço de Caroline para ver se não havia algum objeto solto pelos cantos, perto do travesseiro ou entre os lençóis. Pegou o ursinho de pelúcia caolho com muita raiva, foi até a área de serviço e o jogou na lixeira.

Após o susto, eles ficaram mais tranquilos e conseguiram se sentar à mesa para almoçar. Mas Paulo não deixou de perceber a tristeza e pavor nos olhos da mulher. Érica não conseguiu mais se controlar, deixou a comida no prato e foi para o banheiro. Paulo foi atrás dela. Eles se abraçaram e começaram a chorar.

- Fique calma! Já passou! Você quer mesmo contratar a babá?

- Nós precisamos... Ela deu prova da sua competência. O que ela fez por nós nenhum dinheiro no mundo poderá pagar.

- Você está certa. Ligue para ela e peça para trazer toda a documentação. Ela poderá começar a hora que você quiser... Está bem assim?

- Eu me senti tão segura com ela aqui... Parecia alguém da família.

- Essas coisas são muito raras de acontecer... Mas eu confio no seu sexto sentido.

Soraia conquistou a confiança do casal e se encaixou bem no seio da família. Cuidava de Caroline como se fosse sua neta. Ela era muito amorosa e atenciosa com a menina e todas as manhãs a levava para passear pelo playground do edifício. Érica voltou a fazer as suas atividades físicas na academia e a frequentar os cursos que aprimoravam a sua carreira de modelo. E quando eles pretendiam passar a noite fora, Soraia não se importava em ficar com a menina. E Caroline? Importava-se bem menos do que deveria.

Capítulo 9

Os meses foram se passando... Paulo aumentou a sua carteira de clientes e os negócios da produtora foram se tornando cada vez mais prósperos. Érica retomou as suas atividades profissionais e se transformou em uma modelo bem requisitada de nível internacional. E Caroline, superou as expectativas de todos, continuou aprontando com as suas teimosias e travessuras, deixando Soraia exausta.

No sábado, pela manhã, Paulo e Érica se viram obrigados a abrir mão de algumas horas de laser para irem ao supermercado. Não podiam mais adiar as compras, a geladeira e a despensa estavam ficando completamente vazias. Como era folga da babá, eles tiveram que levar Caroline de contrapeso.

Paulo colocou a menina dentro do carrinho e os dois começaram a circular pela loja, olhando os produtos e pesquisando preços. E quando Érica parou em frente a uma gôndola com biscoitos, Caroline fez a maior festa. Começou a pegar os pacotes e colocar dentro do carrinho. Paulo achava graça, mas Érica, assim que ela se distraía, devolvia os produtos para a prateleira.

O carrinho foi ficando abarrotado de produtos e Paulo se viu obrigado a pegar a menina no colo. Ela não gostou, começou a se contorcer e fazer força para ficar no chão. Ele cedeu à pirraça dela e ficou segurando em sua mão. Mas ela não sossegou, insistiu, teimando por diversas vezes, em empurrar o carrinho de compras junto com a mãe.

Caroline só deixou a teimosia de lado, quando avistou algumas crianças que surgiram falando alto e pulando no meio do corredor do supermercado. Ela ficou eufórica e tentou se soltar da mão do pai. Paulo ficou muito irritado e, ao mesmo tempo, com a pulga atrás da orelha, quando percebeu que a mulher que estava junto com as crianças ficou olhando muito para ele e veio caminhando em sua direção.

- O senhor pode me ajudar? As minhas crianças estão com fome. Eu não tenho dinheiro para comprar nada para eles. O pai morreu. Eu estou doente e não posso trabalhar. Qualquer ajuda é bem vinda.

Érica percebeu a abordagem da pedinte e retornou com o carrinho para ver o que estava acontecendo.

Paulo olhou para as crianças todas sujas e desnutridas e se comoveu. E quando tirou a carteira do bolso, o segurança se aproximou e pediu para a mulher e as crianças saírem. Ela resistiu e não quis sair do supermercado.

O segurança, então, agiu com truculência e saiu arrastando a mulher pelo corredor da loja. As crianças ficaram muito nervosas e começaram a gritar. Érica se revoltou, alterou o tom da voz e exigiu que ele largasse o braço da pedinte.

E como ele não cedeu, ela se colocou entre os dois e fez força com o corpo para tentar soltá-la. O segurança revidou com um movimento brusco e a empurrou sobre uma gôndola. Paulo ficou furioso e partiu para cima dele. E os dois se atracaram, formando uma grande confusão no meio do salão.

O gerente e alguns funcionários correram para ver o que estava acontecendo. E a aglomeração foi aumentando em torno do casal. Érica olhou a sua volta, olhou para Paulo e não viu a menina. Abriu passagem entre as pessoas e não encontrou Caroline. Ela ficou assustada, entrou em pânico e começou a gritar pela filha.

- Paulo! Cadê Caroline? Onde está Caroline? Minha filha! Caroline! Caroline! – e saiu ela correndo desesperada pelos corredores do supermercado.

- Eu pensei que ela estava com você... Meu Deus! Caroline! Caroline!

Os dois começaram a correr para todos os lados e se enfiar por todos os cantos do supermercado. Procuraram no estacionamento e olharam pelas redondezas, mas não encontraram Caroline. Érica não suportou o choque e teve uma crise de nervos. Ela começou a gritar puxando os cabelos e, em seguida, desmaiou. O gerente ficou nervoso, saiu em disparada ao encontro deles e ajudou a socorrê-la.

- Senhor! É melhor chamar a polícia! – disse o gerente do supermercado para Paulo.

- Polícia? Por favor...! Faça isso para mim! Eu não tenho cabeça para isso agora... Meu Deus! Foi minha culpa! – e continuou Paulo se culpando.

- Eu vou ligar também para o serviço móvel de urgência e emergência. A sua mulher está muito nervosa... Ela está precisando de cuidados médicos.

- Obrigado! O que está acontecendo com a gente, Deus? Érica! Érica!

Minutos depois, a polícia e o socorro médico chegaram ao local. Os enfermeiros a conduziu em uma maca até a ambulância para avaliação médica. Paulo deixou os policiais conversado com o gerente e acompanhou a mulher até o veículo.

Enquanto o médico a examinava e administrava um tranquilizante para mantê-la mais calma, Paulo, ainda meio desorientado, pegou o telefone e ligou para Gustavo. Contou-lhe o que tinha acontecido e pediu ajuda ao cunhado.

A aglomeração, aos poucos, foi se desfazendo. E assim que Érica recebeu a liberação do médico, Paulo a levou para o carro e ficou aguardando a chegada de Gustavo. Ela estava completamente dopada.

Quando Gustavo chegou ao local, Paulo não conseguiu mais conter o seu desespero, abraçou o cunhado e começou a chorar. Deixou Érica sob os cuidados dele e, em seguida, acompanhou os policiais até a delegacia de polícia para registrar o boletim de ocorrência.

- Sente-se, por favor! Traga um pouco de água para ele – solicitou o delegado de polícia.

- Por favor! Encontrem a minha filha!

- Calma! Os carros que estão na rua já foram alertados. Precisamos de mais detalhes... O senhor tem uma foto?

- No meu celular tem.

- Vamos colocar no sistema... Eu vou passar o número do telefone para o senhor compartilhar a foto. Tem que ser uma bem recente.

- Eu tiro fotos dela o tempo todo... – respondeu Paulo, pegando o celular com as mãos bem trêmulas.

- Procure ficar calmo... Nós estamos aqui para ajudá-lo. Relaxe e procure se lembrar dos mínimos detalhes.

- É difícil para mim... A minha filha desapareceu diante dos meus olhos. A minha mulher teve uma crise de nervos e está dopada. Nós não vamos suportar se algo de ruim acontecer com ela. Meu Deus! Ajude-me!

- Mas o senhor tem que fazer um esforço e ficar calmo... Precisamos de fatos. Sem as informações necessárias, como poderemos ajudá-lo? Eu já mandei alguns investigadores para analisarem as imagens das câmeras de segurança. O senhor se lembra de ter visto alguém suspeito rondando vocês pelo supermercado?

- Não... Tudo começou com uma confusão entre o segurança e uma mulher que parou perto de mim para pedir dinheiro.

- O senhor se lembra do rosto dela?

- Não. Ela estava com algumas crianças... Todas sujas e descalças.

- Do lado de fora do supermercado?

- Não... Dentro do supermercado.

- A sua filha estava aonde?

- Comigo... Ela estava no chão. Eu fiquei segurando a mãozinha dela.

- E a sua mulher?

- Ela estava mais a frente, pegando alguns produtos em uma gôndola. Quando eu tirei a carteira do bolso para pegar algum dinheiro para dar à pedinte, o segurança se aproximou e a mandou sair da loja. Ela não quis sair. Foi quando começou toda a confusão. Ele agarrou a mulher pelo braço e começou a puxá-la pelo corredor e as crianças que estavam com ela começaram a gritar.

- E quantas crianças estavam com ela?

- Umas seis... A minha mulher largou o carrinho com as compras e se aproximou da gente. Ela tentou soltar a pedinte das mãos do segurança. Ele fez um movimento brusco e a empurrou contra uma gôndola. Eu fiquei furioso e parti para cima do cara. Acho que foi nesse momento que eu deixei a minha filha sozinha... Juntou muita gente a nossa volta. E quando nós percebemos a menina já tinha sumido.

- E quantos anos a sua filha tem?

- Ela vai fazer dois anos. Ela é bem desenvolvida... Parece que tem mais. É esperta e fala quase tudo. Conversa como adulto. Meu Deus! Eu quero a minha filha – e começou Paulo a chorar.

- E como ela estava vestida?

- Camiseta branca com desenhos de cachorro, shortinho cor-de-rosa e tênis branco e rosa. Ela também usa uma pulseira de ouro com o seu nome gravado.

- O senhor tem inimigos? Alguém que o senhor possa ter desagradado e quis se vingar?

- Que eu saiba, não.

- E a sua mulher?

- Não. Não temos problemas com ninguém.

- O senhor é empresário? Faz o quê?

- Eu sou dono de uma produtora artística. Eu tenho uma vida confortável, mas não sou rico.

- Não precisa ser rico... Hoje em dia eles estão sequestrando as pessoas para sacarem mil reais em um caixa eletrônico na esquina.

- O senhor delegado está achando que foi sequestro? Que eles vão pedir dinheiro para devolverem a minha filha?

- São hipóteses... Nada poderá ser descartado.

- Eu não me perdoo! A menina estava comigo e em um piscar de olhos ela desapareceu. Vocês procuraram nas outras dependências do supermercado?

- Isso já está sendo feito... Quando os investigadores retornarem para a delegacia, reuniremos todos os elementos para montar o quebra-cabeça.

- O senhor delegado está me assustando.

- Não estou não! Eu estou sendo sincero... Esses tipos são bem articulados. Eles podem ter armado a confusão no supermercado para distraí-los e sequestrarem a sua filha.

- Eu não posso acreditar em uma coisa dessas. Nós não merecemos isso – e começou Paulo a chorar novamente.

- O sequestro de crianças tem aumentado muito ultimamente, senhor Paulo. Vamos precisar falar com a sua mulher. Tem empregados na casa?

- A babá da menina.

- Temos também que pegar os depoimentos do gerente e dos seguranças do supermercado. Assim que olharmos as imagens das câmeras de segurança, poderemos entender melhor como o rapto aconteceu e procurar pelos bandidos que cometeram esse crime. Por hoje, eu acho que foi o suficiente. Agora o senhor vá para a sua casa e cuide da sua mulher. Vamos fazer tudo o que puder ser feito para encontrar a sua filha.

- Eu agradeço a sua boa vontade. Obrigado.

- O senhor precisa de mais alguma coisa?

- Não. Obrigado.

Paulo saiu da delegacia totalmente desnorteado, entrou no carro e começou a chorar. Sentiu-se muito culpado pelo desaparecimento de Caroline. A raiva que sentiu por ele mesmo foi tão grande, que começou a bater compulsivamente com a cabeça sobre o volante do carro.

Depois do seu acesso de fúria, Paulo voltou ao supermercado. Avistou o carro da polícia que estava fazendo a manobra para sair, mas não deu nem tempo de perguntar algo sobre a investigação, o policial passou por ele com o veículo acelerado. Ele, então, fez o retorno e começou a circular com o carro pelas redondezas do bairro, procurando por algum vestígio que o levasse ao paradeiro da filha.

E quando ele viu alguns moradores de rua aglomerados debaixo de um viaduto, encostou o carro e saiu correndo como um louco. Aproximou-se e ficou encarando-os, com a intenção de conseguir identificar neles alguma semelhança com a mulher e as crianças que estavam no supermercado. Mas foi traído pelas suas emoções, decepcionou-se e saiu perambulando por debaixo do viaduto totalmente sem rumo.

Mas algo chamou a sua atenção. Ele parou e inclinou os ouvidos. E o som do choro de uma criança foi ficando cada vez mais forte em sua mente. Ele saiu em disparada e invadiu uma barraca feita com papelão, assustando a mulher e algumas crianças que se abrigavam dentro dela. Paulo sentiu o amargo da frustração em sua alma. Retirou-se do local de cabeça baixa sem ao menos pedir desculpas.

Paulo voltou para o carro completamente esgotado e sem forças para continuar a procurar por Caroline. Agarrou-se ao pouco de ânimo que ainda lhe restava e seguiu para o seu apartamento. E quando entrou, Gustavo correu ao encontro dele, mas não conseguiu ampará-lo. Ele desabou de corpo e alma sobre o chão da sala e começou a chorar.

- Eu quero a minha filha!

- Calma! Nós vamos encontrá-la. Érica precisa da gente. Você tem que ser forte. Ela vai aparecer – consolou-o o cunhado. Abraçando-o e chorando junto com ele.

- Encontraram a menina? – perguntou Soraia, chegando à sala muito aflita.

- Ainda não D. Soraia. Eu já fui à delegacia... Eles registraram o boletim de ocorrência. Eu deixei uma foto dela. Ainda não tem nenhuma pista sobre o paradeiro da minha filha. Eu vou enlouquecer! – respondeu Paulo.

- Vamos colocá-lo no sofá... Eu vou fazer um chá para acalmá-lo – disse Soraia.

- Eu não quero! E Érica?

- Ela está dormindo – respondeu Soraia.

- Eu não vou conseguir olhar nos olhos dela... Ela me culpará pelo resto da sua vida.

- Cara! Não é culpa de ninguém! Aconteceu! – disse Gustavo, tentando amenizar o sentimento de culpa do cunhado.

- E agora? O que eu vou fazer sem a minha filha?

Paulo se enroscou na almofada e mergulhou na sua tristeza. Chorava e soluçava como uma criança. Sentia-se dilacerado, como se tivessem arrancado um pedaço dele. O celular tocou. Ele deu um salto do sofá, pegou o telefone e olhou no visor. Hesitou por alguns segundos, mas respirou fundo, criou coragem e atendeu a ligação.

- Oi!

- Paulo!

- Mãe...! – respondeu ele, sem conseguir conter o choro.

- Filho! O que está acontecendo?

- Aconteceu uma coisa horrível!

- Fique calmo, filho... Fale devagar.

- Nós fomos fazer compras no supermercado e levamos Caroline... Ela sumiu! Roubaram a minha menina, mãe.

- Sumiu? Como?

- Ela desapareceu diante dos nossos olhos.

- Meu Deus! Que barbaridade! E Érica?

- Ficou enlouquecida! Surtou! Ela precisou ser sedada.

- Filho, procure ficar calmo... Ela vai aparecer.

- Ficar calmo? Como? Foi minha culpa... Se eu tivesse segurado a mão dela, isso não teria acontecido.

- Paulo, tenha fé! Confie em Deus! Ela vai aparecer.

- O que eu vou fazer sem a minha filha?

- Eu vou pegar um avião para o Rio hoje mesmo... Não vou deixar vocês sozinhos.

- Nós não estamos sozinhos... O irmão de Érica e Dona Soraia estão aqui com a gente.

- E quem é Soraia? A mãe de Érica?

- Não... É a babá de Caroline. Hoje é a folga dela. Mas ela soube o que aconteceu e veio nos dar um apoio. É como se fosse da família... Nós gostamos muito dela.

- Mas eu vou assim mesmo... Eu sou a sua mãe. Você está precisando de mim ao seu lado.

- Por favor, não venha! E não conte para o papai... Eu tenho medo que ele se emocione e passe mal. E a senhora também não pode deixá-lo sozinho. Eu gostaria muito que a senhora estivesse aqui... Mas é melhor ficar na fazenda com ele.

- Eu não sei se vou suportar... Mas vou ficar, filho. Eu vou ficar com o coração na mão e muito preocupada com vocês – e ela começou a chorar. - Só me resta orar dia e noite até a minha netinha voltar para a casa.

- Faça isso! Um beijo!

- Um beijo! Confie em Deus!

Após falar com a mãe, Paulo ficou pensativo, levantou-se do sofá e entrou cabisbaixo no quarto do casal. Érica ainda estava dormindo. Aproximou-se dela, acariciou os seus cabelos e a beijou na testa. Ele permaneceu alguns minutos ao lado da mulher e em seguida saiu. Foi até o quarto de Caroline e ficou olhando para o berço vazio. Não resistiu, sentiu um aperto no peito e retornou para a sala todo angustiado.

Quando ele chegou à sala, Soraia e Gustavo estavam assistindo uma reportagem na televisão sobre o sequestro de Caroline no supermercado. Ele, imediatamente, pegou o controle da mão do cunhado e trocou de canal. Gustavo olhou para ele espantado. Mas Paulo o ignorou completamente. Sentou-se no

191

sofá com o celular na mão e ficou em alerta, aguardando o delegado ligar para dar alguma notícia sobre a investigação. E o celular tocou.

- Alô! Alô! – exaltou-se Paulo ao atender a chamada.

- Sr. Paulo?

- Sim...!

- Quem está falando é o delegado... Eu gostaria que o senhor viesse para a delegacia o mais rápido que puder.

- Vocês encontraram a minha filha? Ela está bem?

- Ainda não... Quando o senhor chegar, nós explicaremos melhor.

- Encontraram Caroline? – perguntou Gustavo.

- Ainda não... – respondeu Paulo, frustrado, e encerrando a ligação. - Ele me pediu para ir à delegacia o mais rápido que puder. Vou para lá agora!

- Eu vou com você – agitou-se Gustavo, preparando-se para acompanhá-lo.

- Não! Fique com Érica. Eu vou sozinho!

- Mas você não está bem... É perigoso dirigir assim. Você está muito abalado emocionalmente. Eu levo você... Deixe de ser teimoso! – Alterou-se Gustavo.

Paulo ignorou os apelos do cunhado e saiu batendo com a porta. Entrou no carro e seguiu para a delegacia o mais rápido que pôde. O seu coração parecia saltar pela boca e as suas mãos tremiam incontrolavelmente. Questionava-se o tempo todo e se culpava pelo o que estava acontecendo com eles.

No caminho, antes de chegar à delegacia, ele resolveu circular com o carro pelas ruas e avenidas em busca do paradeiro da filha. Freou o carro abruptamente, quando avistou uma mulher com duas crianças pequenas abrigadas em uma coluna de um viaduto.

Ele encostou o carro e saiu correndo desesperado até eles. A mulher ficou assustada, encolheu-se toda e protegeu as crianças. E Paulo, desanimado, amargou mais uma frustração. Voltou para o carro e seguiu para a delegacia.

- Sr. Paulo! Sente-se!

- O que houve? A minha filha...

- Calma! Não sabemos se tem realmente alguma ligação com a sua filha... Mas achamos este tênis de criança perto de um viaduto. Pela descrição, parece que é o mesmo que a sua filha estava usando no dia que desapareceu. O senhor reconhece?

- Parece com o tênis que ela estava usando. O tamanho... O formato... A cor.

- Nós analisamos as imagens das câmeras de segurança... Estão um pouco distorcidas, mas dá para ver o momento em que a pedinte reuniu as outras crianças e saiu do supermercado. Ela levou a menina junto com ela.

- Então foi ela?

- Com certeza...! Agora é torcer para que a menina ainda esteja com ela.

- Como assim? Não foi ela quem roubou a menina?

- É complicado, Sr. Paulo... Mas ela pode fazer parte de uma quadrilha de traficantes de crianças.

- Eu não sei mais o que pensar. As horas estão passando... E a polícia não encontra a minha filha.

- O pessoal está na rua em prontidão. Temos as descrições das crianças e da mulher. Podem ser moradores de rua... Podem estar aqui por perto... Ou podem morar em alguma comunidade pelas redondezas. Não sabemos o certo.

- Desculpa! É que eu estou muito abalado com tudo isso... Agradeço pelo esforço de vocês.

- Então, é isso... Surgindo qualquer novidade, nós ligaremos para informá-lo.

- Eu vou ficar aguardando.

- Senhor Paulo! Como o caso já está alcançando repercussão na mídia, tome cuidado para não cair em ciladas de pagamento de resgate.

- Mas se ligarem? O que eu faço?

- Não omita nenhuma informação da polícia... E não tome decisões precipitadas.

- Obrigado... Eu vou ficar atento.

Paulo saiu da delegacia com um peso na alma. Não conseguiu se sentir mais aliviado após a conversa que teve com o delegado. Entrou no carro e começou a circular pelas ruas, sem rumo, procurando pela filha.

E quando retornou para o apartamento, já estava anoitecendo. Ele entrou e estranhou o silêncio. Correu até o quarto e se deparou com muitos objetos quebrados pelo chão. E assim que ouviu o tilintar de algumas chaves, saiu apressadamente para ver quem estava chegando.

- Gustavo! O que aconteceu? Onde está Érica?

- Tivemos que levá-la para o hospital. Ela acordou e começou a quebrar as coisas no quarto. Eu fiquei com medo dela cometer alguma loucura.

- E como ela está?

- Ela está sedada... Desculpe-me por não ter ligado. Mas eu...

- Eu sei o que você pensou... Eu também pensei. Mas ainda há esperança. A polícia encontrou o tênis que ela estava usando nas proximidades de um viaduto. Eles também analisaram as imagens das câmeras de segurança do supermercado e constataram que foi a mulher que parou perto de mim para pedir dinheiro que raptou Caroline.

- Que coisa louca! Então foi ela?

- Ela mesma... Eles estão realizando buscas nos locais onde ficam esses moradores de rua. Eu estou morrendo de medo de não encontrar mais a minha filha - desesperou-se ele, começando a chorar.

- Fique calmo... Nós vamos encontrá-la.

- Já estou ficando sem esperanças.

- Não diga isso! Temos que ter fé.

No dia seguinte, a foto de Caroline já circulava em toda a mídia. Paulo acordou com a luz do sol invadindo toda a sala. Levantou-se do sofá todo dolorido e se debruçou no parapeito da janela. Ficou ali, olhando para o nada, pensando no vazio que seria a sua vida sem a presença da filha. A campainha tocou. Ele despertou e se apressou para abrir a porta.

- Paulo! Que coisa horrível! – lamentou-se Rita, entrando toda nervosa. – Eu vi o noticiário. Não se fala em outra coisa. Como pôde acontecer uma coisa dessas com você? Como você está?

- Eu estou acabado, minha amiga – respondeu ele, cabisbaixo e choroso.

- Calma! - disse ela, abraçando-o. - Vai dar tudo certo... Nós vamos encontrá-la. E Érica?

- Ela teve uma crise nervosa... Ficou em choque. Está no hospital sob cuidados médicos. Precisou ficar sedada. Não sabemos o que vem pela frente.

- Não fale assim! Meu Deus! É tanta coisa acontecendo ao mesmo tempo!

- Parece que o mundo está desabando sobre a minha cabeça.

- Nossa! Você está super abatido... Tem que se alimentar.

- Eu não consigo pensar em nada... Só em encontrar a minha filha.

- Claro! Não se preocupe com a produtora... Isso tudo vai passar. Você tem que ter fé.

- Eu estou vendo o tempo passar e estremeço... A minha fé também está ficando estremecida.

- Eu vou fazer um café... Um suco... Um sanduíche... Por que você não toma um banho para refrescar a cabeça?

- Eu estou precisando mesmo... Mas não quero comer nada.

- Então, vá logo tomar o seu banho! – disse Rita, afagando-lhe as costas.

Ele foi até o quarto e pegou algumas peças de roupas. Entrou no banheiro e se enfiou debaixo do chuveiro. Rita preparou o suco, o café preto e um sanduíche. Sentou-se à mesa e ficou esperando por ele, que demorou um pouco mais que o habitual, deixando-a preocupada. E quando ela ameaçou se levantar para verificar se estava tudo bem, ele surgiu na cozinha com a aparência mais suave.

Paulo se sentou à mesa, mas permaneceu o tempo todo em silêncio. Tomou o suco, mas não conseguiu comer um pedaço do sanduíche. O celular tocou. Ele arregalou os olhos e correu para atender a ligação. O número do telefone era desconhecido.

- Alô!

- Você quer a sua filha de volta?

- Quem está falando? Onde está a minha filha?

- Escute bem o que eu vou falar... Se você passar alguma informação para a polícia, nunca mais colocará os olhos na menina. Entendeu?

- Por favor! Não machuque a minha filha! Eu faço o que você quiser... Mas não faça nada com ela.

- Muito bem! Acho que o doutor entendeu bem o recado.

- Ela é só uma criança... Eu quero ouvir a voz dela.

- Ainda não! Eu vou ligar mais tarde para passar todas as instruções. E bico calado!

- Alô! Alô!

- Quem era? – perguntou Rita.

- Desligou! Era o sequestrador. Desgraçado!

- Você tem que avisar a polícia.

- Não! Eu não vou arriscar a vida da minha filha.

- Mas pode ser um oportunista atrás do seu dinheiro.

- Não! Não! Eles podem machucá-la. Meu Deus proteja a minha menina desses animais! Por que isso está acontecendo comigo?

- Calma! Você tem que manter a cabeça no lugar. Não pode entrar em pânico. É isso que eles querem. E se eles não estiverem com Caroline? Só vão pegar o seu dinheiro. O que ele falou?

- Ele disse que ela está bem... Que vai ligar mais tarde e passar as instruções.

- Nossa! A gente fica sem saber o que fazer... Mas eu continuo achando que o mais sensato seria avisar a polícia.

O telefone tocou novamente. Paulo olhou no visor, fez uma cara de desanimado e, em seguida, atendeu a ligação.

- Alô!

- Filho!

- Oi, Mãe!

- Alguma notícia? Nós estamos com o coração apertado de tanta tristeza.

- Ainda não.

- A minha vontade é de ir para o Rio, ficar do seu lado. Mas o seu pai não reagiu muito bem à notícia.

- E por que a senhora contou para ele?

- Ele percebeu que eu estava nervosa... Eu tive que contar. E Érica?

- Ela está descansando... Está muito abalada.

- Eu imagino... Coitada! Ela deve estar sofrendo muito!

- Eu tenho que desligar... Preciso deixar o telefone livre. Eles podem ligar da delegacia com novas informações.

- Está bem, filho. Nós estamos orando muito... Estamos fazendo uma corrente de fé. Ela vai aparecer! E nós ainda vamos rir muito com as graçinhas dela.

- Que Deus a ouça, mãe. E obrigado por ter ligado. Sinto-me renovado em ouvir a sua voz e sentir o seu amor neste momento... E com forças para continuar.

- Tenha fé, filho. Eu também o amo muito. Nós a amamos. O amor que sentimos por ela é muito forte... Ela voltará para os nossos braços.

- Amém! Eu preciso desligar... Um beijo! Tchau!

Assim que terminou de falar ao telefone com a mãe, Paulo olhou para Rita com os olhos tristes, cheios de água. Ela ficou comovida e se sentou ao lado dele no sofá. Acariciou os seus cabelos e o aconchegou em seu ombro, oferecendo-lhe um porto seguro para se ancorar e extravasar toda a sua tristeza.

Capítulo 10

No dia seguinte, Paulo foi até o hospital para ver como Érica estava reagindo. Conversou com o médico e explicou-lhe o drama que o casal estava vivendo. O médico o aconselhou a deixá-la por mais alguns dias internada no hospital e sugeriu ainda o acompanhamento de um psicólogo. Paulo lhe agradeceu a orientação e se deslocou até o quarto para ficar com a mulher. E mais tarde, assim que Soraia chegou, ele retornou ao apartamento para descansar.

Mas as suas horas de descanso foram totalmente interrompidas pelo toque insistente de chamada do celular. Ele acordou assustado e foi logo atendendo a ligação.

- Alô! Alô!

- Você quer ver a sua filha novamente, não quer? Então prepare uma mala com trezentos mil reais até amanhã.

- Trezentos mil? – surpreendeu-se ele.

- Isso mesmo! Dê o seu jeito! Ou não verá mais a sua filha.

- Mas... Eu quero falar com a minha filha! Desligou! Desgraçado! Filho de uma Puta!

- O que foi Paulo? – assustou-se Gustavo com os berros dele no momento que entrava no apartamento.

- Era o sequestrador...

- Temos que falar com o delegado... Eles podem rastrear a ligação.

- Ele pediu trezentos mil reais... Onde que eu vou arrumar esse dinheiro todo em tão pouco tempo?

- Você pediu para falar com Caroline? Ele tem que provar que está realmente com ela.

- Eu estou apavorado... Eles vão ligar novamente.

- Você tem que informar a polícia... Pode ser algum oportunista querendo tirar vantagens. Ligue agora para o delegado ou você acabará caindo em uma cilada.

- Eu vou ligar.

- O que você está esperando? Não podemos perder tempo.

- Depois... Agora eu tenho que ir para o hospital. Dona Soraia deve estar cansada. Ela também tem a vida dela para cuidar.

- Tudo bem... Você que sabe. Eu só passei aqui para ver como você está. Eu liguei para a minha mãe... Ela já está a caminho. Deve estar chegando por aí.

- Obrigado pelo apoio.

Paulo refletiu bem e procurou o delegado para contar que os sequestradores fizeram contato com ele e exigiram trezentos mil reais pelo resgate da filha. E o delegado após ouvi-lo, passou toda a informação para os investigadores juntarem ao processo e rastrearem a origem das ligações.

Enquanto eles ainda conversavam, o celular do delegado tocou e ele logo atendeu. Ele fez um gesto com a mão para que Paulo ficasse o aguardando e anotou algumas informações. Em seguida, reuniu os homens e mandou preparar as viaturas. E Paulo, sem entender o que estava acontecendo, continuou sentado a sua frente, esperando por um esclarecimento.

Os policiais e o delegado saíram nas viaturas e Paulo seguiu atrás, totalmente alheio ao real motivo de toda a movimentação. Mas pressentiu que tinha algo a ver com Caroline. A equipe de reportagem, que estava de plantão do lado de fora da delegacia, não vacilou e se integrou ao comboio. Seguiu no encalço da polícia com a expectativa de obter informações frescas que rendessem uma boa matéria.

As viaturas pararam próximas a uma praça abandonada, com os bancos e todos os brinquedos quebrados. O delegado saltou do carro e instruiu os homens para começarem a busca.

- O que está acontecendo? – perguntou Paulo ao delegado.

- Nós recebemos um telefonema anônimo. A pessoa disse que viu a pedinte neste local... Ela estava com a sua filha e mais três crianças.

- Mas... E o sequestrador que me ligou pedindo o dinheiro do resgate?

- Pode ser algum espertalhão querendo tirar proveito da situação... Ele quer dinheiro.

- E se não for?

- O senhor não prefere aguardar no carro? – irritou-se o delegado. – Agora não é hora de ficarmos criando hipóteses, nós estamos em uma operação policial.

- Desculpa! Mas eu quero ir junto para procurar a minha filha.

- Ok! Vasculhem o local! Procurem em cada beco, cada rua... Fiquem bem atentos a qualquer movimento suspeito. Vamos! – gritou o delegado.

Paulo e um dos policiais avistaram um grupo de garotos brincando com bolas de gude. E no momento que eles foram se aproximando, um dos garotos saiu correndo. O policial foi atrás dele e o pegou pelo braço. E logo em seguida chegou o delegado.

- O senhor está reconhecendo o garoto? – perguntou o delegado a Paulo.

- Eu não fiz nada! Eu não conheço o cara não! – gritou o garoto, chorando sem parar.

- Acho que é ele sim.

- Onde está a mulher com a garotinha? – continuou o delegado a interrogá-lo.

- Que mulher? Eu não sei de nada! Eu não fiz nada! Largue o meu braço!

- Ela é sua mãe? Onde você mora?

- Que mãe o quê! Eu moro na rua!

- Você está vendo a foto desta garotinha? Olhe bem...! Está vendo a mãe dela ao lado? Ela está doente, internada em um hospital sentindo a falta da filha. Onde está a minha filha? – alterou-se Paulo, quase esfregando o celular na cara do garoto.

- Leve o garoto para o carro e fique de olho nele – disse o delegado a um dos policiais.

- Eu não quero ir... Eu não sei de nada. Eu não fiz nada! – e continuou o garoto a gritar e chorar.

Algumas pessoas foram se aglomerando em volta deles e o garoto, aproveitando-se da situação, continuou a gritar e fazer força com o policial para se soltar. O escândalo foi tanto que ele acabou chamando a atenção de alguns moradores do local, que logo começaram a questionar a ação da polícia, deixando-os constrangidos e provocando um tumulto ainda maior. Mas o delegado permaneceu firme e tomou as rédeas da situação.

- Alguém conhece este garoto? – perguntou o delegado às pessoas que estavam à volta.

- Eles ficam enfiados nos escombros de uma casa em um terreno no final desta rua. Eu tenho um comércio e eles estão sempre por lá pedindo alguma coisa. Não pode dar bobeira com eles... Roubam tudo! – manifestou-se um comerciante do local.

- O senhor viu essa menina? – perguntou Paulo, mostrando-lhe a foto de Caroline no celular.

- Eu vi sim. Estava no colo da mulher... O garoto anda junto com ela.

- Mentira! Mentira! Você é um mentiroso! – gritou o garoto. - Eu nem sei quem é essa mulher.

O delegado colocou o garoto na viatura e eles seguiram para o terreno baldio descrito pelo comerciante. Assim que chegaram ao local, os policiais saíram das viaturas, empunharam as suas armas e foram entrando pelo matagal.

Eles ficaram apreensivos com o silêncio e foram avançando com cautela até os escombros da casa, mas só encontraram muitas roupas sujas e garrafas espalhadas por todo o canto. Paulo ficou decepcionado, mas nos seus olhos acendeu uma luz de esperança.

- É a camiseta que ela estava usando... - afirmou Paulo, mostrando a peça de roupa para o delegado.

- Temos que dar uma dura no garoto... Ele sabe onde ela está. Eu vou acionar o conselho tutelar, senão, eu vou ter problemas... E já temos problemas demais.

- Ela fugiu! Desgraçada! Meu Deus! Não podemos parar de procurar... Ela deve estar por perto. A minha filha está correndo risco de morte!

- Calma! Vamos voltar para a delegacia e esperar pelos agentes para conversarmos com o garoto. Já temos mais do que tínhamos. Eu vou acionar o pessoal para ficar fazendo rondas nas proximidades.

Paulo não ficou satisfeito com a decisão do delegado, mas aceitou as suas justificativas. Abaixou a cabeça e seguiu com os policiais de volta para o carro. Mas no meio do caminho ele foi abordado pela equipe de reportagem.

A repórter quis saber dele se a polícia havia encontrado novas pistas sobre o paradeiro de Caroline, mas ele se recusou a fazer qualquer pronunciamento sobre as investigações. Apenas fez um apelo diante das câmeras.

- Eu gostaria de pedir à pessoa que sequestrou a minha filha para que não a machuque, ela é apenas um bebê... A minha mulher está em choque, teve uma crise nervosa e está internada em um hospital. Nós estamos com muita saudade dela. Devolva a nossa filha! Ela é tudo que temos! - e começou ele a chorar diante das câmeras. A repórter ficou emocionada e não conseguiu conter algumas lágrimas, chorou junto com ele.

Após os resultados frustrantes da busca para encontrar Caroline, Paulo seguiu para o seu apartamento. Ligou para Gustavo para saber notícias de Érica, mas o seu quadro clínico ainda era preocupante, ela estava muito depressiva. Ele foi para o quarto, mas não conseguiu permanecer lá por muito tempo, o local ainda estava todo revirado, com objetos quebrados para todos os lados.

Ele retornou para a sala e se jogou no sofá. O telefone tocou. Ele olhou no visor e verificou que era um número desconhecido. Hesitou por alguns segundos em atender a ligação, mas não quis correr o risco de colocar a filha em perigo.

- Alô!

- Já preparou a mala com o dinheiro? – perguntou o sequestrador.

- Como eu posso ter a certeza de que você está mesmo com a minha filha?

- Quer que eu mande um pedaço da orelha dela para você ter certeza?

- Não! Não toque nela!

- Você vai colocar o dinheiro em um saco preto e deixar dentro de uma caçamba próxima ao museu de arte, na Avenida Paulista. Tem uma obra no subsolo. A caçamba já está marcada com tinta azul metálica. Ao meio dia de amanhã! Ou você não verá mais a sua filha!

- Caroline? Filha? Não machuque a minha filha seu desgraçado! – e gritou Paulo com o sequestrador quando ouviu um choro de criança.

- Ouviu? – debochou o sequestrador.

- Deixe-a em paz! Ela é apenas uma criança! Não a machuque!

- Isso vai depender de você. Se você não levar o dinheiro... Nunca mais ouvirá a voz da sua filha novamente – ameaçou-o o sequestrador e desligou.

- Alô! Alô! Seu desgraçado! Devolva a minha filha!

Paulo ficou confuso e sem saber o que fazer. Pegou a garrafa de uísque, colocou uma dose no copo e a tomou de uma vez só. Sentou-se no sofá com a garrafa e o copo na mão. Preparou mais uma dose e outras mais.

Horas depois, bem à noitinha, Gustavo entrou no apartamento e se deparou com Paulo caído no chão, totalmente embriagado. Colocou a garrafa de uísque e o copo, que estavam largados pelo o chão, em cima da mesa, levantou-o pelos braços e o acomodou no sofá.

- Deixe-me em paz! Eu quero morrer!

- Encher a cara não vai resolver nada! Você tem que ficar de pé, sóbrio, para continuar procurando pela sua filha.

- Eu perdi a minha menina, Gustavo. Por que fizeram isso com a gente...? – e começou ele a chorar.

- Vamos! Levante daí e vá tomar um banho! Você ficou a manhã toda andando por aí... Está colando de suor.

- E Érica?

- Está na mesma... A minha mãe já chegou e está no hospital com ela.

- Eu não vou mais conseguir olhar nos olhos dela. Foi minha culpa! Ela não me perdoará!

- Não foi culpa de ninguém... Aconteceu!

O celular de Paulo começou a tocar, mas ele se recusou a atender a ligação. Arremessou o aparelho para bem longe. Gustavo se controlou e saiu catando as peças pelo chão. Colocou a bateria e a capa traseira no lugar. Ficou aguardando. O telefone tocou novamente, mas Paulo continuou a ignorar a chamada telefônica. E Gustavo, então, usando o bom senso, atendeu.

- Alô!

- Sr. Paulo!

- Não. É o cunhado dele. Ele... Está descansando.

- Quem está falando é o delegado responsável pelo caso do sequestro da menina. É que surgiram novas pistas... Eu gostaria que ele viesse o mais rápido possível para a delegacia.

- Agora?

- Agora mesmo... Ficaremos aguardando a chegada dele. É muito importante!

- Claro! Eu vou falar com ele. Obrigado! – disse Gustavo, encerrando a ligação. - Paulo! Levante! O delegado ligou e pediu para você ir para a delegacia agora.

- Foi minha culpa! – e continuou Paulo sentado no sofá, lamentando-se.

Gustavo amparou o cunhado em seu ombro e o carregou até o banheiro. Abriu o registro do chuveiro e o enfiou debaixo da água fria. Foi até o quarto, pegou algumas peças de roupas limpas e quando retornou, ainda o encontrou vestido e sentado no chão do boxe. Tentou ajudá-lo a se despir, mas ele se enfureceu e expulsou Gustavo do banheiro.

As imagens dos escombros da casa deixaram Paulo muito deprimido. Mas ele se agarrou a uma fagulha de esperança que ainda restava no seu coração. Levantou-se. Despiu-se e tomou o seu banho. Sentiu-se mais leve, livre do azedume que ficou impregnado na sua pele e na sua alma. Enxugou-se, vestiu as roupas, calçou os sapados e foi para a delegacia junto com Gustavo.

Assim que chegaram à delegacia, Gustavo explicou o estado do cunhado para o delegado. Ele torceu o nariz e, em seguida, pediu a alguém para pegar um pouco de café amargo para Paulo.

- As viaturas estão prontas? - verificou o delegado com os policiais.

- Encontraram a minha filha? –perguntou Paulo, ainda meio afetado pelo álcool.

- Ainda não, Sr. Paulo. Mas estamos perto de desvendar esta atrocidade que fizeram com o senhor e a sua mulher – respondeu o delegado, olhando sério para ele.

- Então... Para que o senhor me chamou?

- Apertamos o garoto e ele confessou tudo... A mulher é meio destrambelhada. Fica rodando por aí com os filhos de outros pedindo dinheiro e fazendo pequenos furtos. É uma criminosa.

- O sequestrador ligou novamente exigindo os trezentos mil até o meio dia de amanhã.

- Esse é outro... Também vamos chegar nele. Eles podem até estar juntos. O senhor está em condições de nos acompanhar?

- Em nenhum momento eu tive condição alguma...

- Eu entendo... Então vamos!

As viaturas saíram apressadamente com as sirenes ligadas. Paulo e Gustavo seguiram logo atrás. No meio do percurso, eles se depararam com algumas ambulâncias bem aceleradas, seguindo em direção ao centro da cidade. Do carro eles já podiam ver uma cortina de fumaça se formando e se espalhando pelos arredores de um viaduto.

E quando eles chegaram ao local descrito pelo garoto, encontraram o maior tumulto. Os bombeiros corriam de um lado para o outro, tentando apagar as chamas que se alastraram e consumiram, em pouco tempo, todos os barracos construídos com compensados e papelão por uma comunidade pobre.

Algumas pessoas não resistiram ao acidente, morreram sufocadas pela fumaça e com queimaduras muito graves. Paulo saiu atordoado do carro e ficou perdido no meio de toda aquela confusão, procurando entender o que ele estava fazendo ali.

- Por que nós paramos aqui? O que está acontecendo? – perguntou Paulo ao delegado.

- O garoto falou que a pedinte fugiu para cá... Temos que averiguar. A sua filha pode estar entre as vítimas.

Paulo ficou desesperado. Colocou as mãos sobre a cabeça e começou a circular no meio dos bombeiros e dos paramédicos. Gustavo tentou convencê-lo a sair do local, mas ele continuou seguindo na direção do incêndio. E quando ele ameaçou passar pelo fogo para procurar Caroline, em alguns dos barracos que ainda estavam de pé, foi detido por um bombeiro que o arrastou para trás.

Paulo não sossegou. Entrou em pânico quando avistou alguns corpos estirados no chão cobertos com um plástico preto. Desvencilhou do bombeiro, aproximou-se das vítimas e começou a descobri-las. Mas não encontrou nenhum corpo de criança no meio deles. Gustavo o abraçou e os dois começaram a chorar diante do cenário de terror que estavam vivendo.

- Eu fiz algumas perguntas para o pessoal da comunidade... E eles me disseram que viram a pedinte chegar hoje pela manhã. Ela foi socorrida e levada de ambulância para um hospital no centro da cidade – disse o delegado, aproximando-se deles com um pouco de desânimo.

- E a minha filha?

- Eles não viram a menina com ela... Vamos! Nós não podemos perder a oportunidade de colocar as mãos em cima dessa mulher. Ela vai ter que falar onde está a menina. Vamos! Vamos!

Eles não perderam tempo, aceleram e seguiram para o hospital central atrás da pedinte. Assim que chegaram, um dos policiais saiu do veículo e foi até a recepção do hospital para averiguar sobre as ocorrências, mas retornou para o carro meio desanimado.

- E então? – perguntou o delegado.

- Trouxeram para cá sim... Mas houve alguns óbitos.

Dois homens, uma mulher e uma criança. Uma menina... Eles morreram intoxicados com a fumaça.

O delegado chamou Paulo e explicou toda a situação. Em seguida, eles entraram no hospital para conversar com a equipe de enfermeiros e com os médicos que prestaram socorro às vítimas do incêndio.

Fizeram uma vistoria nas enfermarias e em algumas salas que foram reservadas para o atendimento das vítimas, mas não encontraram a pedinte e nem Caroline. E Paulo, mais uma vez, deparou-se com o risco de ver a sua esperança se estilhaçar ao chão.

Um dos enfermeiros os acompanhou até o necrotério do hospital. Paulo entrou na sala temendo pelo pior. Começou a suar frio e ficar trêmulo. O enfermeiro destapou o primeiro corpo, que era de um homem e, em seguida, o segundo corpo. Paulo reconheceu a mulher que havia raptado Caroline. Ele colocou a mão na boca para suprimir o seu desespero e se retirou às pressas do necrotério.

Gustavo permaneceu no local com o delegado. O enfermeiro olhou para ele e destapou o corpo da menina. Ele arregalou os olhos e recuou da mesa. Sentiu uma vertigem e se escorou na parede, tentando se recuperar do mal estar. Mas as suas pernas bambearam e ele foi amparado pelo delegado.

- É a menina? – perguntou-lhe o delegado, nervoso e alterando o tom da voz.

- Graças a Deus! Não é Caroline! Não é Caroline! – respondeu ele, com a respiração descompassada.

O delegado também demonstrou certo alívio em verificar que o corpo não era de Caroline, mas se sentiu frustrado ao ver todas as suas expectativas escorrerem pelo o ralo. Ele sabia que o único fato concreto que tinha nas mãos, era a confirmação de que a raptora estava realmente morta. E morto não fala!

Paulo saiu do necrotério e ficou andando pelos corredores do hospital completamente desnorteado. Ficou em choque e perdeu totalmente a noção do tempo e do espaço. Ele passou se arrastando por um grupo de enfermeiros que conversavam próximo a um bebedouro. E um deles percebeu que ele não estava bem e se aproximou para ajudá-lo.

- O senhor está se sentindo bem?

- A minha filha está morta... Por que Deus fez isso comigo?

- Fique calmo! Sente-se! Eu vou pegar um pouco de água para o senhor.

A enfermeira se juntou novamente ao grupo de colegas e conversou algo com eles. Imediatamente, todos se viraram e ficaram olhando com curiosidade na direção de Paulo. Em seguida, ela retornou com o copo cheio de água, mas ele se recusou a beber.

- Caroline! O que vai ser da minha vida sem você, Caroline?

- Caroline é o nome da sua filha? – perguntou a enfermeira.

- Ela morreu! Agora eu fiquei sem o meu amorzinho.

- Por favor! Fique aí! Eu vou chamar o médico para atender o senhor... Eu já volto.

A enfermeira o deixou sentado na cadeira e voltou a conversar com os colegas. Eles olharam para a tela do celular, conversaram entre eles e novamente olharam na direção de Paulo. De repente, ela saiu apressadamente pelo corredor e deixou Paulo aguardando o atendimento médico. Mas ele, assim que avistou Gustavo e o delegado, levantou-se para ir ao encontro deles. Não conseguiu dar um passo, sentiu-se mal e desmaiou.

Paulo foi recobrando a consciência aos poucos, mas continuou alheio à aglomeração que havia se formado a sua volta, não conseguiu entender o que estava acontecendo. Ele sacudiu a cabeça, fechou os olhos e quando os abriu novamente, viu um feixe de luz que foi ficando cada vez mais forte na sua frente. E dessa luz, uma mulher de mãos dadas com uma criança surgiu e foi ao encontro dele.

- Papai!

- Minha Filha! Minha vida! – disse Paulo, abraçando Caroline e chorando sem parar. Arrancando de todos que estavam a sua volta muitas lágrimas de alegria.

Paulo e Caroline permaneceram algumas horas no hospital sob os cuidados da médica. Mas a sua recuperação foi quase instantânea. Ele não se parecia mais com o aquele homem que estava totalmente despedaçado no chão. O reencontro com a filha revigorou as suas forças e alimentou a sua alma.

- Sr. Paulo, a menina está bem... Ela não sofreu lesões. Apenas inalou um pouco de fumaça... Mas o estado clínico dela é ótimo. A mulher que estava com ela não teve a mesma sorte... Sofreu queimaduras por todo o corpo. Ficou com dificuldades de respirar e acabou tendo uma parada respiratória seguida de uma parada cardíaca... Não resistiu. Mas ela protegeu a sua filha!

- Protegeu? Ela raptou a minha filha.

- Eu entendo...

- Eu só quero ir para casa e esquecer todo este pesadelo!

- O senhor já pode ir para casa com a sua filha. Os dois estão liberados!

- Obrigado! Vamos meu amor! O papai vai levar você para casa.

Paulo pegou Caroline nos braços, passou pelo corredor até o rol de entrada do hospital e saiu apressadamente sem olhar para trás. Gustavo e o delegado estavam esperando por ele. Todos vibraram de alegria. Inclusive a equipe de reportagem, que foi se posicionando na frente dele e colocando a matéria no ar.

- Como você está se sentindo depois de ter encontrado a sua filha? – perguntou-lhe a repórter.

- Eu estou muito feliz! Mas não estou em condições de falar com vocês agora. A minha mulher ainda está internada em um hospital.

- Pegaram os sequestradores? Você pagou o resgate?

- Depois eu falo com vocês... Eu ainda estou muito abalado com tudo isso que aconteceu - respondeu Paulo, olhando para o delegado. – Eu só posso dizer, neste momento, que eu estou muito grato pela ajuda que recebi de todos... Os policiais, o senhor delegado que não saiu do meu lado, os enfermeiros e os médicos que cuidaram da minha filha... Muito obrigado gente! Agora, eu só quero ir para a minha casa com a minha filha. Obrigado!

Paulo entrou no carro com Caroline e Gustavo imediatamente deu a partida no veículo. O delegado e os policiais seguiram atrás com as viaturas. E quando eles chegaram, encontraram uma grande agitação em frente ao prédio.

Os moradores foram para as janelas e começaram a aplaudir e gritar o nome de Caroline. Solange e Rita, que também estavam esperando por eles na portaria, vibraram de felicidade e correram ao encontro da menina para festejar.

Paulo ficou com Caroline em seus braços o tempo todo, como medo de perdê-la novamente. Solange foi até o quarto da menina e pegou algumas peças de roupas limpas. E quando ela tentou tirá-la do colo do pai, ele permaneceu irredutível e não quis largar a menina por nada. Solange, então, olhou para Gustavo e ficou aguardando alguma providência.

- Paulo! Ela tem que tomar um banho... Está toda suja de fuligem. Ela já está em casa... Solte-a – irritou-se Gustavo, tentando tirar a menina do colo dele.

- Não! Eu não vou deixar!

- Paulo! Acabou! Está tudo bem! – alterou-se Gustavo, fazendo força com ele para pegar a menina.

Gustavo tirou Caroline dos braços de Paulo à força e a entregou para Solange. Ela, imediatamente, levou a neta para o banheiro para tomar um banho. E como Caroline estava um pouco sonolenta, Solange a deixou no berço e retornou para a sala.

- Cadê Caroline? – assustou-se Paulo.

- Eu a coloquei no berço. Ela estava muito sonolenta e dormiu... Parece até que estava sentindo falta do seu cantinho.

- Não! Eu quero ficar com ela... Ela não pode ficar sozinha!

- Sossegue Paulo! – gritou Solange. – Agora nós temos que cuidar de Érica. Ela precisa saber imediatamente que nós já achamos Caroline.

- Érica?

- É! A sua mulher... A mãe de Caroline.

- Eu não posso deixar... – murmurou ele, ameaçando desfalecer.

- Ele está fraco! Bebeu quase uma garrafa de uísque... E não come direito há dias. Que merda! – irritou-se Gustavo, amparando-o.

- Que isso! Olha a boca! Deixe-o aí no sofá. Vamos! Vamos! Ande logo! Eu estou com pressa!

- Aonde?

- Buscar a sua irmã.

- Mas não sabemos se ela pode...

- Não interessa! Eu não volto daquele hospital sem a minha filha. O remédio que ela precisa já está em casa... Caroline!

- Vá! Vá com a sua mãe... Eu fico com eles. Eu vou pedir alguma coisa para gente comer. Nossa! Eu estou até me sentindo meio atordoada... Sei lá! Nem consigo explicar – disse-lhes Rita, sentindo-se confusa.

- Faça isso minha filha! Obrigado! Vamos Gustavo!

- Calma!

Solange e Gustavo saíram às pressas do apartamento. Rita se sentou bem próxima de Paulo e ficou olhando para ele, totalmente apagado, adormecido no sofá. Ela se sentiu feliz com o desfecho do sequestro, mas todo o sofrimento que compartilhou com a família, acabou mexendo com o seu íntimo e a deixou estranha consigo mesma. Ela colocou a mão na boca para abafar o choro, mas não resistiu e correu para o banheiro.

Após se esvaziar de toda a sua melancolia, Rita foi até o quarto do casal e deu um jeito em toda a bagunça. Recolheu os objetos quebrados e trocou a roupa de cama. Em seguida, deu uma olhada em Caroline, que dormia tranquila, e voltou para a sala.

A campainha tocou e ela se apressou para abrir a porta. Ficou parada diante do entregador, olhando para ele meio decepcionada, sem pronunciar uma palavra. Totalmente inerte.

- D. Rita?

- Claro! A comida que eu pedi... Desculpa! Eu estou um pouco aérea... Você pode colocar na cozinha para mim?

- Com licença!

O entregador colocou os pacotes em cima da mesa. Ela fez o pagamento e o acompanhou até a porta. Paulo nem se mexeu no sofá com a movimentação pelo apartamento. As horas foram se passando e ela começou a ficar aflita sem saber notícias de Gustavo e Solange.

Rita começou a pensar em tantas coisas ao mesmo tempo, que perdeu o equilíbrio e não conseguiu dispersar a ansiedade que aflorou dentro de si. E quando ela ouviu o barulho da chave abrindo a porta, ficou apreensiva e se levantou abruptamente do sofá.

- Vocês demoraram! Érica! - entusiasmou-se Rita.

- Cadê a minha filha? - perguntou Érica, correndo para o quarto.

- Paulo ainda está dormindo? - estranhou Gustavo.

- Não está mais... - respondeu Rita, observando a movimentação dele no sofá.

- Onde está Caroline? - sobressaltou-se Paulo.

- Ela está no quarto... Ela está bem. Se você não acredita, vá até lá e veja com os seus próprios olhos – respondeu-lhe Solange.

Paulo entrou no quarto e se deparou com Érica sentada na cama com a filha nos braços. Ele se sentou ao lado dela, envolveu-as em seus braços e os dois começaram a chorar. Solange, Rita e Gustavo entraram em seguida e se alegraram com o casal. E todos deram as mãos e agradeceram pelo retorno da menina, sã e salva, ao seio da família.

Dias depois, Paulo, Érica e Caroline aterrissaram em Minas Gerais. Eles foram passar uma temporada na fazenda. Solange, Rita e Gustavo chegaram logo depois e se juntaram à família de Paulo, que estava toda reunida para comemorar o aniversário de dois anos da menina.

Certa manhã, Paulo preparou o cavalo para dar um passeio. Caroline fez pirraça no colo da mãe para ir junto com ele. Érica relutou, mas acabou cedendo. E quando ele a pegou dos braços da mãe e a colocou em cima do animal, Caroline olhou para o pai e sorriu. Paulo a amparou contra o seu corpo, tomou as rédeas com a outra mão e saiu cavalgando suavemente pelos campos.

E se misturaram à paisagem, quebrando os estigmas da natureza humana, despojados de tudo e de todos.

Não era o Paulo empresário, dono de uma produtora, marido de uma modelo internacional e pai de Caroline, que estava passeando a cavalo na fazenda dos pais. Era bem mais que isso... Apenas um homem, uma menina e um cavalo. Simples, não?

Made in the USA
Columbia, SC
07 July 2023

19721134R00124